二人に挟み込まれ、佐久良は身じろぐことすら難しくなる。
「バスローブのいいところは、どこからでも手が入れられるとこだね」

illustration by TOMO KUNISAWA

飴《あめ》と鞭《むち》も恋《こい》のうち～Fifthハートブレイク～

いおかいつき
ITSUKI IOKA

イラスト
國沢 智
TOMO KUNISAWA

Lovers Label

CONTENTS

1

警視庁捜査一課《けいしちょうそうさいっか》一課長室を後にして、外から扉《とびら》を閉めた途端《とたん》、佐久良晃紀《さくらあきのり》の眉間《みけん》に微《かす》かな皺《しわ》が寄った。

捜査一課の班長《はんちょう》として、これまでも上司からいろいろとありがたくない命令を受けては来たが、正直、今回のが一番嫌《いや》だ。厄介《やっかい》でも面倒でもなく、ただ嫌だと思った。

「一課長、なんでした？」

一課に戻った佐久良に、真っ先に近づいて来て声をかけたのは佐久良班の刑事《けいじ》である若宮陽生《わかみやはるき》だ。その若宮をきっかけに、他の刑事たちも佐久良のデスク周りに集まってくる。現在、佐久良班は事件《じけん》の捜査を受け持っていないから、全員が揃《そろ》っていた。

「今日から来る新人だが、ひとまずうちの班に入ることになった」

佐久良の答えに、全員が予想外だと表情を変えた。

「うちに？」

代表するように確認してきたのは、佐久良班最年長の立川《たちかわ》だ。佐久良よりも一回り近く年上のベテランで、何かあれば班員を代表して尋ねるのが立川の役割になっていた。

佐久良は苦笑いで、そうだと頷《うなず》いて返す。

今月から一課に異動してくる刑事がいることは、佐久良だけでなく、一課の刑事全員が前もって聞いていた。だが、佐久良班の所属になるとは、おそらく誰も思っていなかっただろう。何故《なぜ》なら、佐久良班は若手のメンバーばかりの、一課でも異質な班だった。班長の佐久良も三十六歳で一課では最年少班長だ。だから、新人はもっとベテランの多い、他の班で鍛《きた》えるとばかり思い込んでいた。皆が意外そうな顔を隠《かく》さないのは、佐久良と同じように考えていたからに違いない。

「ひとまず、と言っただろう？　正式な配属《はいぞく》を決める前に、どんな奴なのか見極めたいと一課長は言っていた。その間に、一課に慣れさせることもできるからな」

「それなら、なおさらのこと、うちじゃないほうがいいと思いますが」

そう言ってきたのは、佐久良班最年少の望月芳佳《もちづきよしか》だ。二十七歳と刑事としてはまだまだキャリアは浅いが、強気な態度は誰にも引けを取らない。

「それはな、今度来る刑事が、俺と警察《けいさつ》学校の同期だからだよ」

「何も知らないよりは任せやすいってことか」

納得したように言った立川に、他の刑事たちもそういうことかと頷いている。それに対して、若宮と望月は見るからに不満そうな態度だ。おそらく、佐久良と少しでも関わりのある男が同じ班に入るのが嫌なのだろう。

若宮と望月はただの部下ではない。二人ともが佐久良の秘密の恋人だ。嫉妬《しっと》深く独占欲《どくせんよく》の強い二人が、それでもお互《たが》いだけを許容しているのは、一人では佐久良を満足させられないと思っているからだ。

「確かに、知り合いではあるんだが、接点は警察学校のときだけで、それ以降は一度も同じところに配属になったことがない。所轄《しょかつ》でさえ、同じにはならなかった。正直、刑事としてどうかと聞かれても、わからないとしか答えられない」

「じゃ、人間としては？」

上司と話しているとは思えないほど気さくな態度で、若宮が尋ねる。

「どうだろうな。何せ、十年以上前のことだから……」

それでも当時を思い出すため、佐久良が記憶を辿《たど》ろうとしたときだ。こちらに近づいてくる男に気づいた。

「久しぶり」

その男がまっすぐに佐久良だけを見て声をかけてきた。

「十年以上会ってないのに、久しぶりというレベルか？」

佐久良は苦笑いでその男に応じた。

十年以上ぶりでも、その男が佐久良と警察学校の同期で、今日から異動予定の寺居《てらい》稔《みのる》であることはすぐにわかった。名前を聞けば顔を思い出せるくらいの付き合いでしかないが、十年ちょっと以来なら、多少老《ふ》けたくらいで、驚《おどろ》くほどの変化はない。

「いや、佐久良があまりにも変わってないからさ。昔からイケメンのままで、つい昨日のことのように思えたんだよ」

「それはありがとう」

容姿を褒《ほ》められても、佐久良は慣れた様子で軽く受け流す。実際、佐久良のルックスは優れた部類に入るのだろう。だから、自惚《うぬぼ》れて受け流しているではなく、謙遜《けんそん》したりするとそのほうが容姿に関する会話を長引かせることになると、これまでの経験でわかっていたからだ。

「皆に紹介しよう。墨田署《すみだしょ》から異動してきた寺居稔だ」

「ども、寺居です」

佐久良の紹介の後、寺居は軽い口調で頭も下げずに名乗った。とてもこれから世話になる男の態度ではない。

変わっていないなと、佐久良は嘆息《たんそく》する。

さほど親しくはなかったが、それでも目にすることはあったし、周囲の評判《ひょうばん》を耳にすることもあった。寺居はとにかく自分を大きく見せようとする男だったらしい。負けたくないから頑張るのではなく、負けていないように見せることを考える男だと、当時の教官が呆《あき》れたように言っていたのを覚えている。

今の寺居の頭を下げない挨拶《あいさつ》は、他の刑事たちに舐《な》められたくない、下に見られたくないという思いの表れだ。実際、佐久良班では半数以上が佐久良たちより年下だから、余計にその思いが強かったのかもしれない。

だからこそ、佐久良は新任刑事が寺居だと聞いたとき、絶対に自分の班には入って欲しくなかった。こんな態度で通されると、チームワークが乱されてしまう。それなら、ベテラン揃いの班に行かせて、寺居が自然と下に出るようにすればいいと思っていたのだ。

もっともそれを一課長に言うことはなかった。配属前からよくない評価を植え付けるのは躊躇《ためら》われた。当時とは変わっている可能性もあったからだ。今の態度を見れば、一言くらい言っておいてもよかったと後悔《こうかい》する。

だが、配属されてしまったものは仕方がない。しばらくは佐久良が率先して面倒を見るしかないだろう。

これが寺居と班員たちの初めての顔合わせだ。佐久良は年齢順に紹介していく。表面上は何事もなく進み、若宮の番になった。

「ども、若宮です。年は俺のほうが下だけど、ここでは俺が先輩《せんぱい》だから」

「刑事としては、俺のほうが先輩だ」

「キャリアだけ長くてもね」

「なんだと」

若宮の挑発《ちょうはつ》に、寺居が簡単に乗せられる。自分ができる男だと思い込んでいるからこそ、馬鹿にされることが我慢《がまん》がならないのだろう。

「佐久良、部下の教育がなってないんじゃないのか」

寺居がムッとした顔を佐久良に向け、不満をぶつける。同期だから、佐久良が味方をしてくれる。そう信じているような態度に、佐久良は呆《あき》れてすぐに言葉が出なかった。その代わりに、望月が口を開く。

「あなたも部下ですよ。そして、班長は上司です。同期だからって、そのなれなれしい態度は改めるべきです」

望月が厳《きび》しい口調で諌《いさ》める。若宮と同じく、望月もまた、佐久良に親しげな態度を取る寺居を腹立たしく思っていたようだ。

「なんでお前にそんなこと……」

「望月の言うとおりだ」

言い返そうとした寺居を遮《さえぎ》り、佐久良が望月に同意する。たとえ、同期を理由に同じ班に配属されたのだとしても、特別扱《あつか》いするつもりはない。寺居の場合、はっきりとそれを示しておいたほうがよさそうだ。

「ここでは俺が上司だ。俺の命令には従ってもらう」

「それはわかってるって」

強い口調で言った佐久良に、寺居は面倒そうに返す。どうみてもわかっていなさそうだ。佐久良はうんざりとして溜息《ためいき》を吐《つ》きそうになるものの、このまま黙《だま》っているわけにはいかないと、さらに続けようとした。

「そうだぞ。俺ですら、場合によっちゃ、敬語を使ってるんだ」

佐久良を後押しするように、立川が寺居を諭《さと》す。さすがに自分たちよりも十歳も年の離れた立川にそう言われては、寺居も引き下がるしかない。

「……わかりました」

明らかに渋々《しぶしぶ》な態度ではあるが、今日のところはこれでいいだろう。佐久良は目配せで立川に感謝を示すと、笑って頷かれた。今のメンバーに恵まれているからこそ、寺居という不穏分《ふおんぶん》子《し》になりかねない存在は厄介《やっかい》に感じる。

「しばらくは俺と森村《もりむら》のところに入ってもらう」

佐久良はさっき決めたばかりのことを、全員に聞こえるように告げた。

本来、二人一組で捜査に当たる。だが、佐久良班は寺居が入ったことで奇数になってしまった。どこかに寺居を入れるのなら、それは自分たちのところしかない。佐久良は普段、若手の森村とコンビを組んでいる。その森村には迷惑《めいわく》をかけてしまうが、佐久良が面倒を見る分、他の刑事への被害《ひがい》は最小限に抑《おさ》えられる。

「見習いってことか……ですか？」

言葉を改めながらも、寺居は不満を露《あら》わにしている。

「見習いじゃない。慣れるまでだ」

最初が肝心《かんじん》だと、佐久良はあえて冷たく切り捨てる。

「とは言っても、今は待機《たいき》だからな。デスクはそこを使ってくれ」

仮の配属だから、寺居専用のデスクはまだ用意されていない。それでも空《あ》いているデスクがあったから、とりあえずそこを寺居に勧《すす》めた。寺居が持ち込んだ私物は紙袋一つ分。デスクの引き出しが全て埋《う》まるまでには、正式な所属が決まるだろう。

「それじゃ、それまで本庁内を案内して……くださいよ」

おそらく途中で敬語に切り替えたであろう、不自然な間があったものの、寺居は佐久良に敬語を使う。それでも態度はなれなれしいままだ。

「案内いるような場所じゃないっしょ」

「子供じゃあるまいし」

若宮と望月が馬鹿にしたように笑う。佐久良に親しげな態度を取る寺居にむかついているのだろう。

佐久良にはそれがすぐにわかった。だが、どう割って入ればいいのか。二人も馬鹿ではないから、ここで佐久良との関係を匂《にお》わすようなことはしないはずだ。それなのに、佐久良が二人を庇《かば》うようなことを言えば、やぶ蛇《へび》になりかねない。

「マウントの取り合いなんでしょうか？」

隣にいた森村が困惑《こんわく》した顔で佐久良に尋ねる。

「そうかもな」

佐久良は苦笑いで答えるしかなかった。もっともそのマウントは、寺居は刑事としてだが、若宮と望月は佐久良の恋人としてだ。

「それじゃ、一緒に組むことになりましたから、俺が案内します」

森村が佐久良にそう言ってから、寺居に近づいていった。温和《おんわ》な性格で人当たりのいい森村に任せておけば大丈夫だろう。

森村に声をかけられ、寺居は断る理由が思いつかなかったからか、素直に引き連れられて一課を出て行った。

「面倒《めんどう》くさそうなのが来たなぁ」

同じ班の佐々木《ささき》が思わずといったふうに零《こぼ》す。独《ひと》り言《ごと》のつもりだったのだろうが、ばっちり聞こえていたし、おそらくこの場にいる全員の気持ちを代弁《だいべん》していた。

「しかし、厄介なのを頼まれたもんだ」

立川が佐久良を労《ねぎら》うように言った。

「なんとか穏便《おんびん》にやり過ごして、他に移ってもらいます」

「お、言うね」

立川がおかしそうに笑う。佐久良が愚痴《ぐち》っぽいことを言うのは珍《めずら》しいからだろう。だが、ここには佐久良班のメンバーしかいない。愚痴をこぼしても、他に漏《も》れることはないと、佐久良はそれくらい今のメンバーを信頼していた。

「やっぱり同期はやりづらいですよ」

「そうだろうな。一緒に働くだけじゃなくて、上司と部下だ」

立川は理解できると頷いている。

「なら、追い出しましょう」

二人の会話を聞いていた若宮が、弾《はず》んだ声で提案してきた。佐久良がそれを咎《とが》める前に、

「馬鹿なことを言わないでください」

意外なことに望月が険《けわ》しい顔で若宮を止めた。

「あの人がいなくなるのは大賛成《だいさんせい》ですが、そのやり方では班長の評価が下がります」

佐久良の評価と聞いて、若宮が提案をすぐさま取り下げた。そんな二人を見て、佐久良の周りで笑いが広がる。だが、二人は冗談《じょうだん》を言ったつもりはない。佐久良はわかっているが、口にはしなかった。

「それは駄目だな」

「班長なら寺居も手懐《てなず》けられそうだけどな。この二人を操《あやつ》ってんだから」

立川が笑いながら言った。

佐久良はそれに苦笑を返すしかない。班長としての力量で、若宮と望月を従わせているとはとても思えないからだ。

寺居が戻ってきたのは一時間後、佐久良たちはそれまで和《なご》やかな雰囲気《ふんいき》で待機時間を過ごす

ことができた。

その日は待機時間だけで終わった。つまり、明日も捜査の予定はないということになる。そうなると、当然のように、佐久良の帰宅に若宮と望月が付き添う。

佐久良のマンションの部屋に到着するまでは、二人とも不機嫌《ふきげん》な様子は見せなかった。まだ他人がいる場所だと、それなりに気を遣って、上司と部下の態度ではあった。だが、部屋に入った途端《とたん》、

「なんなんですか、アレは」

「ただの同期にしては、偉《えら》そうですよね」

若宮と望月が、口々に不満を述べる。名前を出さなくても、寺居のことだとすぐにわかった。

「あんな奴、放っておいたらいいんですよ」

「そうそう。晃紀が面倒見る必要なくない？」

「刑事としてのキャリアはあるって、本人も言ってるんですから」

二人が寺居に反感を持つのは、佐久良と親しげな態度を取るからだ。寺居は班長と同期ということで、他の刑事にはない利点があると振る舞っているだけのようなのだが、二人からすれば、佐久良に近づくだけでも腹立たしい存在になる。

「むかついているのはわかったから、先に落ち着かせてくれ」

佐久良は二人を押しのけ、部屋の中へと進んでいく。せっかく自室に帰り着いたのに、玄関先で立ったまま喋《しゃべ》ることもない。

佐久良がコートを脱《ぬ》ぐと、ほんの数秒前まで文句を言っていたくせに、若宮がすかさずそれを受け取る。若宮と一緒に帰ってきたときは、いつもこうやって甲斐甲斐《かいがい》しく世話を焼かれる。それにもすっかり慣れてしまった。

「刑事としてのキャリアはあっても、一課は初めてだ。勝手が違うのは、お前たちも経験してわかっているだろう？」

リビングのソファに腰を下ろしてから、佐久良は二人に尋ねる。

佐久良も経験してきたからわかる。捜査一課には一課独特《どくとく》の雰囲気があって、最初は圧倒されるものだ。佐久良も馴染《なじ》むには時間がかかった。若宮や望月もそうだったと、佐久良は記憶している。

「即戦力《そくせんりょく》にするために、余計なことに気を遣わせないようにしたいんだろう。一課は常に人手不足だからな」

一課長から言われたわけではないが、佐久良は勝手な考察を付け加えた。二人の寺居への当たりが少しでも柔《やわ》らかくなるようにだ。

「即戦力になりますか？」

望月は疑わしそうに尋ねる。

「上はそう思ったから、一課に引き抜いたはずだ」

「その言い方だと、晃紀はよくわかってないみたいだけど?」

いつの間にかキッチンにいる若宮が、コーヒーの準備をしながら、佐久良に問いかける。コーヒーはもちろん、佐久良のためだ。

「警察学校時代しか知らないからな」

だから、予想しかできないのだと佐久良は答える。

「昔はどうだったんですか?」

「どうとは?」

何が聞きたいのかと、佐久良は問い返す。仮に警察学校での成績を聞いているのなら、それはたいした意味は持たない。そんなことくらい二人もわかっているはずだ。

「回りくどい聞き方するなって」

若宮がキッチンから馬鹿にしたように望月を鼻で笑う。

「聞きたいのは、アレと仲が良かったかどうかだろ」

望月にそう言ってから、若宮は佐久良に視線を向ける。

「で、仲良かった?」

「そう見えたか?」

問い返す佐久良に、二人は首を横に振る。

「晃紀はそうでも、向こうはどうかな」

「そうです。晃紀さんはモテますから」

「モテるって言われてもなぁ」

佐久良は当時を思い返す。確かに、他の男と比べれば、モテるほうだというのは自覚している。ただ警察学校は圧倒的に男が多かった。ほとんど男だったと言ってもいい。だから、女性と関わることもほぼなかった。

そこまで考えて、ふと気づいた。というより、二人の顔を見ていて思いだした。

若宮と望月から好意を寄せられ、体の関係になった今だから、考えに至ることができる。当時はそう言う意味での男からの好意には気づいていなかった。寺居ではなく、他にやたらとスキンシップの多い男がいて、肩を組まれたり、抱きつかれたりすることは多々あった。思い返してみれば、その男がそんなふうにするのは、佐久良にだけだった。特別、仲が良かったわけでもないのにだ。

「やっぱり、何かあったんだ?」

そんな昔のことを思い出していたせいか、佐久良の微妙《びみょう》な表情の変化も、若宮が目敏《めざと》く気づく。口に出さないだけで、望月も佐久良の隣《となり》に腰を下ろし、顔を覗《のぞ》き込んできた。

「いや、たいしたことじゃない」

「それでも、聞かせてください」

望月が佐久良の肩に手を乗せ、ぐっと身を乗り出してくる。

「本当に些細《ささい》なことなんだ」

どうしても隠したいというほどのことでもないが、言わずにすむなら言いたくない。鈍感《どんかん》だとか、危機感がないだとか、この年になって年下の男たちから言われたくはなかった。だから、佐久良は言葉を濁《にご》す。

「体に聞くって手もあるけど？」

若宮が手ぶらでキッチンから出てきた。コーヒーメーカーからはコーヒーのいい香りがしてくるが、どうやら後回しになったようだ。

若宮が近づいてくるのに合わせて、肩に乗った望月の手に力が籠《こ》もる。佐久良はそれをするりと肩から落とした。

「先に風呂だ」

佐久良はそう言って立ち上がり、二人の返事を待たずにバスルームへ向かった。

この部屋に二人を連れて帰ってきたのだから、佐久良もどうなるかわかっている。ただこの瞬間《しゅんかん》は何度体を重ねても恥ずかしい。

「一人で行かなくてもいいじゃん」

追いかけてきた若宮が拗《す》ねたように言い、その後ろで望月も同じような顔をしている。

「さすがに三人は狭《せま》い」

佐久良は廊下《ろうか》で足を止め、二人を脱衣所《だついじょ》の中に入れないように立ち塞《ふさ》がる。

この部屋のバスルームは一人暮らしには広すぎるくらいだが、男が三人では窮屈《きゅうくつ》だ。それでも入れないことはないのだが、風呂の間に気持ちを落ち着けたかった。これから二人の男に抱かれるという心構えをするためだ。

「二人なら？」

食い下がる若宮に、佐久良は呆れて笑う。

「どっちも譲《ゆず》らないだろう」

「確かに」

若宮だけでなく、望月も頷いている。きっと終わらない言い争いが続くだろう。それなら、佐久良が一人で先に入ったほうが、後の時間が長く取れる。

もう引き留められることはなかった。佐久良は一人で脱衣所に入り、扉を閉める。

そうして、一人きりで過ごした時間は十五分もなかった。二人が待っていると思うと気持ちが急《せ》き、この先を期待する気持ちが動作を急がせた。

脱衣所には見覚えのない黒のバスローブが置いてあった。若宮がいるときは、いつも着替えを用意してくれる。つまりこれを着ろということなのだろう。

「これだけか……？」

佐久良はバスローブを持ち上げ、一人呟《つぶや》く。

風呂上がりにバスローブを着る習慣はないが、身につけることに抵抗はない。問題は、どうして、バスローブしかないのかだ。どうせすぐに脱がされるとはいえ、下着がないのは落ち着かない。

それでも、ないものは仕方がないと、佐久良はバスローブだけを羽織《はお》り、心許《こころもと》ない気持ちのまま、二人が待つリビングに戻った。

「黒か白か迷《まよ》ったんだけど、黒で正解だった」

「エロさが醸《かも》し出されて、いいですね」

バスローブ姿の佐久良を見て、二人がそれぞれ満足げに感想を口にする。

「下着はどうした?」

勝手なことを言う二人にムッとして、佐久良は低い声で問いかける。

「え?　いらないよね?　すぐ脱ぐんだし」

若宮が予想外のことを言われたとばかりに、きょとんとした顔をしている。

「脱がせるの間違いでしょう」

「どっちでも必要ないのは同じだろ」

若宮は望月にそう言い返してから、佐久良に近づき肩を抱く。

「さ、座って」

「ここで……？」

佐久良の戸惑《とまど》いが声に表れた。これまでもリビングのこのソファで抱かれたことはあった。だが、寝室に比べると照明の明るいリビングでは恥ずかしさが増す。それに、ここが日常を感じさせる場所だから、そんな場所で裸《はだか》になるのも、その先も落ち着かない気分にさせた。

「そう。ここで」

ぐっと肩を抱いた手に力が籠もり、佐久良をソファへと近づけた。すかさず、望月が佐久良の手を引く。

「あっ……」

引っ張られてバランスを崩《くず》し、佐久良はドサッとソファに座り込む。

「ソファでバスローブのほうが、よりやらしく見えるからね」

そう言った若宮が佐久良の隣に腰を下ろす。反対側には既《すで》に望月が座っていた。密着するほど近く、二人に挟み込まれ、佐久良は身じろぐことすら難しくなる。

「バスローブのいいところは、どこからでも手が入れられるところだね」

若宮の言葉と共に、佐久良の胸元、バスローブの合わせ目から手が差し込まれる。

「あっ……」

若宮の指が的確に佐久良の胸の尖《とが》りを掠《かす》める。

「期待してたんだ。もう尖ってる」

耳元で揶揄《やゆ》する言葉を囁《ささや》かれる。否定《ひてい》したくても、体は正直だ。ほんの僅《わず》か、指先を動かされただけで、体が震《ふる》える。

「こっちはどうですか?」

望月が太腿《ふともも》の辺りの合わせ目から、手を差し入れる。

太腿をゆっくりとなぞりながら、望月の手は佐久良の中心へと向かっていく。下着もなく、守るものが何もないそこに、その手はすぐに到達した。

「は……ぁ……」

中心を軽く撫《な》でられ、甘い吐息が漏れる。

「こっちも待ちわびてたようですよ」

くすっと望月の笑う声に、佐久良は羞恥《しゅうち》で熱くなる。

もう二人には何度となく抱かれていて、そのたびにこれ以上ないくらいの快感《かいかん》を味わわされているのだ。始まる前から体が反応するのを止めようがなかった。

バスローブの合わせ目の襟《えり》から、裾《すそ》から、それぞれの手が入ってくる。手の動きは隠《かく》されていて見えないものの、隠しているのはたった布一枚。布の盛り上がりや蠢《うごめ》きは、煌々《こうこう》と照らし出す照明の下、明らかになっていて、佐久良の羞恥を煽《あお》った。

「んっ……ふぅ……」

決して激しい刺激ではないのに、見えないもどかしさもあって、いつも以上に感じてしまう。

唇を噛みしめて声を殺そうとしても、漏れ出る吐息が抑えきれない。

「晃紀、こっち向いて」

若宮に顎《あご》を摑《つか》まれ、顔を引き寄せられた。

「声を殺したいなら、こうしよう」

そう動いた若宮の唇《くちびる》が佐久良のそれに重なる。

若宮は軽く啄《ついば》むキスを何度も繰り返し、佐久良が夢中になるのを待って、深い口づけへと変えていく。佐久良は知らず知らず、若宮にしがみ付いていた。

ただキスだけをするのなら、佐久良も男だ。されるがままではいないのだが、望月によって中心に刺激を与えられている今は、体に力が入らない。とてもじゃないが、若宮のキスに対抗することはできなかった。

「ちょっとむかついてきましたね」

望月の声が聞こえるが、佐久良の顔は若宮によって固定されている。佐久良が顔を向けないことに苛立《いらだ》ったのか、望月が中心を強く握《にぎ》った。

「……っ……」

急に襲《おそ》った痛みに、佐久良は咄嗟《とっさ》に若宮の体を押し返す。

「はい、次はこっちです」

すかさず望月が佐久良を抱き寄せ、すぐに唇を重ねてきた。

望月は最初から深く口中を割ってきた。押し入ってきた舌は、除け者《のけもの》にされていた鬱憤《うっぷん》を晴らすかのように激しい。

いつも三人でセックスをしているが、キスのときだけは二人きりの感覚に陥《おちい》る。そうなれば、残された一人に疎外感《そがいかん》があって当然だ。抱きしめられ、こうして望月とキスをしている間、今度は若宮が除け者にされている。

ビクッと佐久良は体を震わせ、望月にしがみ付く。除け者だった若宮が背後から手を回し、佐久良の胸と股間を同時に責め始めた。

動きが激しくなれば、服の乱れも大きくなる。佐久良のバスローブは大きくはだけ、もう胸の尖りが見えている。それを若宮の指が弄《もてあそ》ぶ。まだ隠れている中心は、若宮の手に包まれ、すっかり形を変えていた。

「もうそろそろいいだろ」

指の動きは止めず、若宮が焦《じ》れたように言った。

望月がようやく佐久良から顔を離し、不満そうな表情を若宮に向ける。

「本当に忍耐力《にんたいりょく》ゼロですね」

「それ、晃紀に言ってんのか?」

若宮はほらというふうに、バスローブの裾《すそ》を捲《まく》って見せた。

佐久良の中心は二人のキスと、今の刺激で完全に勃《た》ち上がっている。一人だけそこを露わにしていることが恥ずかしくて、佐久良はバスローブを元に戻そうとしたが、若宮と望月、両方に手を摑まれ止められた。

「もう腰紐《こしひも》も取っちゃいましょう」

「すぐですよ。恥ずかしいなんて思わなくなるのは」

両方の耳に、それぞれ前から後ろから囁きかけられる。その言葉どおりに腰紐が取り払《はら》われ、バスローブは肩に掛かっているだけの状態《じょうたい》になった。

若宮が佐久良の肩に手を添えたまま、後ろに下がる。そうして、今度は肩に手を置き、佐久良を仰向《あおむ》けに引き倒した。

「ちょっ……」

何も言われずに倒されたことに、佐久良は抗議《こうぎ》の声を上げる。

「だって、この体勢のほうが、後ろに手が届きやすいからね」

後ろ、という言葉に、佐久良はびくりと震える。それがどこを指す言葉なのか、佐久良は嫌というほど知っていた。

若宮の膝《ひざ》を枕《まくら》にして、足下には望月。その望月が佐久良の足を摑んで左右に割り開いた。股間どころか、その後ろまで露わになる格好《かっこう》に、佐久良の全身が羞恥で赤く染まる。恥ずかしくて足を閉じたくても、既に足の間に望月が体を滑《すべ》り込ませていた。

望月はローションのボトルを持ち上げ、ことさらゆっくりと蓋《ふた》を開ける。佐久良に見せつけることで、より羞恥を煽ろうとしているのだろう。わかっていても、望月から目が離せない。それがいずれ行き着く先を想像して、奥がひくつく。

佐久良が見つめる中、望月が手のひらにたっぷりとローションを垂《た》らす。あまりにたっぷりすぎて、ローションが手のひらから溢《あふ》れた。

「……っ……」

太腿に当たったローションの冷たさに、佐久良は息を詰《つ》める。

「お前はホントに気遣いが足りないな。冷たいまま晃紀にかけるなんて」

「悦《よろこ》んでますよ?」

ほら、と望月が佐久良の萎《な》えない屹立《きつりつ》めがけて、手のひらからわざとローションを零《こぼ》れ落とした。

「ひっ……」

熱くなった屹立に、ローションの冷たさは強い刺激だ。佐久良は声を上げて背を仰《の》け反《ぞ》らせる。快感というよりは痛みに近かった。

「だから……」

「萎えてないんだから、大丈夫です」

さらに抗議しようとした若宮を制して、望月が濡《ぬ》れた手で佐久良の屹立をなぞる。奥に使うはずだった手のひらのローションは、すべて屹立に使われた。

「は……あぁ……っ……」

緩《ゆる》やかに扱《しご》かれ、佐久良は甘い息を漏らす。ローションはさっきのような冷たさはなくなっていて、今はただ擦《こす》られる気持ちよさがあるだけだ。

「バスローブがいい仕事してますね。ローションを全部吸い取ってくれてます」

「だろ？　これならどれだけ晃紀が汁《しる》だくになっても大丈夫」

得意げに言った若宮が視線を落とし、上から佐久良の顔を覗き込む。

「何回でもイッていいからね」

優しい声音《こわね》だが、とても素直に従えない。佐久良が達するだけで済むはずがない。その回数分、二人を受け入れさせられることは目に見えている。だから、佐久良は言葉にはせず、無言で首を横に振る。

「素直じゃない晃紀さんにはお仕置きです」

望月の言葉の後、衝撃《しょうげき》はすぐに訪《おとず》れた。

「ああっ……」

いきなり後孔に指を突き入れられ、佐久良は衝撃に悲鳴を上げる。ローションを充分に纏《まと》っている指は、痛みはさほどなかったが、やはり圧迫感は拭《ぬぐ》えない。

「やっぱ、お前に任せるんじゃなかった。代われよ」

佐久良の顰《しか》めた顔を見て、若宮が望月を押しのけようとする。その動きで中を抉《えぐ》られ、佐久良はさらに呻《うめ》く。

「何やってるんですか」

望月は呆れたように言いつつも、中の指を抜こうとはしない。

「お前が乱暴《らんぼう》だからだろ。もっと優しく解《ほぐ》せよ」

「さっき決めたでしょう」

文句を言われても、望月は手を止めず、顔さえ若宮に向けずに問いかける。二人は佐久良の知らないうちに役割や順番を決めていたらしい。

「それにいいんですか？　俺に後を任せて」

「後……？」

佐久良は指の不快感を堪《こら》えつつ、耳に入った言葉を聞き返す。

「今日、最初に中を解すのは俺だと、ここに来る前に決めてたんです」

「それで、俺は中に出したのを掻《か》き出す役目」

若宮は佐久良の中で射精する前提で話をしている。望月も何も言わないから、それも決まっていることなのだろう。

「どっちもお前には任せられないって言ってんだ。お前、乱暴なんだよ」

「でも、晃紀さんはそれがいいみたいですよ」

ねえ、と望月が佐久良の屹立を指で弾《はじ》いた。

「いっ……あぁ……」

全身を駆《か》け抜けた快感に、佐久良はイク寸前《すんぜん》だった。それでも達することがなかったのは、望月が屹立の根元を指で締め付けたからだ。

「感じてくれるのは嬉しいんですが、早すぎです」

「それは確かにそう」

珍しく若宮が望月に賛同《さんどう》する。

「イきすぎると辛《つら》いのは晃紀なんだから」

イかせないようにするという選択肢《せんたくし》のない二人に、佐久良は唇を引き結んで、首を左右に振った。二人とセックスをすることは受け入れていても、一方的に佐久良だけ感じさせられるのは受け入れがたい。

「とはいっても、感じやすいからなぁ」

そう言いながら、若宮が露わになった裸の胸に手を沿わせた。

「ん……ふぅ……っ……」

堪えきれなかった甘い吐息が唇から零れ落ちる。二人の手によって敏感《びんかん》になってしまった胸の尖りは、微かに触れられただけでも感じてしまう。

「食いちぎられそうなほど、俺の指を締め付けてますよ。胸を弄《いじ》られて、そんなに気持ちいいですか？」

揶揄《やゆ》する言葉にも興奮《こうふん》して、中にいる望月の指をまた締め付ける。今の佐久良は体に触れられるだけでなく、聴覚《ちょうかく》でも視覚《しかく》でも快感を拾っていた。二人が与える全ての愛撫《あいぶ》が、佐久良には快感になっていた。

若宮が両手で佐久良の両方の胸の尖りをそれぞれ弄くり回す。そのたびに佐久良の腰が跳《は》ね、そうすることで中の指を締め付け、余計に感じてしまう。それを繰り返すだけで、望月は指を動かしていない。焦《じ》れる佐久良を楽しんでいるようだった。

「も……もう、イクっ……」

佐久良は自分で自身を追い詰め、絶頂が近いことを訴《うった》える。自分ではどうすることもできないと、恥《はじ》も外聞《がいぶん》もなく、二人に縋《すが》った。

「ダメですよ」

無情な言葉と共に、望月がまた佐久良の屹立の根元を強く握る。

「うっ……うぅ……」

解放を堰《せ》き止められ、佐久良の苦しげな声が漏れる。だが、それはすぐに解消された。

「イクなら、俺のでイってください」

望月はそう言うなり、屹立から手を離し、同時に中から指を引き抜いた。

両足を抱えられ、腰を持ち上げられる。浮き上がった後孔に望月の硬く勃ち上がった自身が押し当てられた。

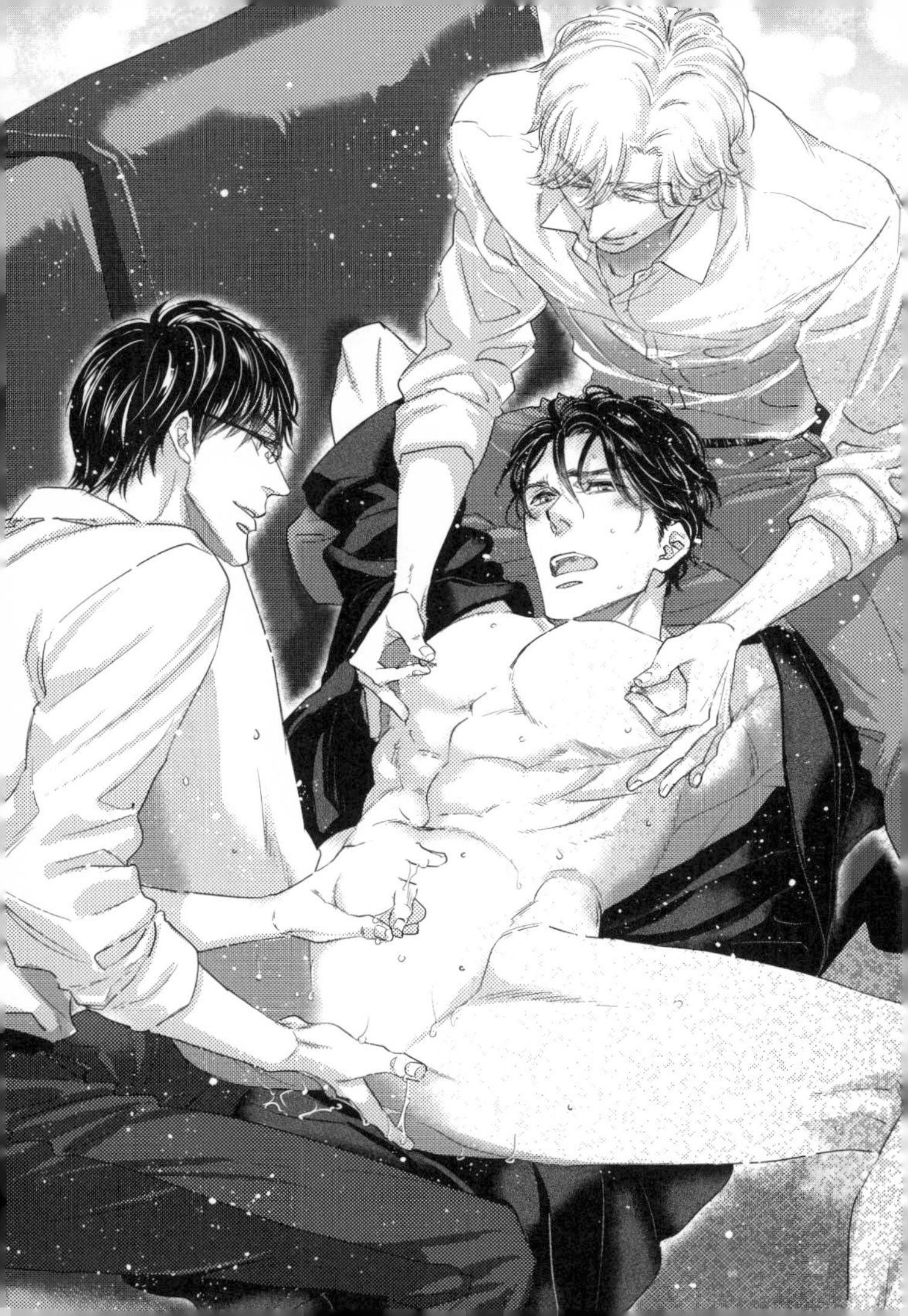

「ああっ……」

熱くて大きい屹立が佐久良の中に押し入ってくる。その衝撃は呼吸を忘れるほどだった。それでも、佐久良の中心は萎えない。この後に訪れる快感を体が覚えているからだ。

余裕ぶっていた望月もきっと限界だったのだろう。佐久良が馴染むのを待つことなく、すぐさま腰を使い始めた。

「あっ……はぁ……っ……」

突き上げられる度、声が漏れる。それは次第に甘く歓喜《かんき》な響《ひび》きへと変わっていく。佐久良は自然と滲《にじ》んだ涙《なみだ》で霞《かす》む視界の中、望月を見つめる。

無言で腰を使う望月は、興奮で顔を赤くしているものの、その表情は真剣《しんけん》そのもので、必死に佐久良を求める様が感じ取れる。それが佐久良を興奮させた。

「俺のこと、忘れてない？」

不意に耳元で囁かれ、佐久良はびくりと体を竦《すく》ませる。

「……っ……」

佐久良の上で望月が微《かす》かに息を呑《の》んだ。きっと無意識に佐久良が締め付けてしまったせいだろう。

「もうイっていいんだぞ」

「誰がっ」

若宮に笑われ、望月がムキになって反論する。だが、そのおかげでなんとか射精を我慢できたようだ。

「先に晃紀さんをイかせます」

若宮など視界に入れたくないと、望月はまっすぐに佐久良を見つめて言うと、改めて腰をぐっと押しつけた。

「やっ……ああっ……」

腰が浮き上がるほどに突き上げられ、佐久良はたまらず迸《ほとばし》りを解き放つ。挿入《そうにゅう》される前から限界だったのだ。我慢などできなかった。

佐久良が達したことで満足したのか、望月はその後、力をなくした佐久良の体に数度腰を打ち付け、最初に言ったとおり、佐久良の中で射精《しゃせい》した。

「終わったんだから、早くどけよ」

余韻《よいん》をぶち壊《こわ》すような言葉の後、望月が中からするりと抜け出る。おそらく若宮が引っ張ったのだろうが、目を閉じていた佐久良にはわからない。ただ勢いよく引き抜かれたことで、昂《たかぶ》っていた体にまた火が灯《とも》る。

「さ、ここからが本番だよ」

若宮がそう言いながら佐久良の腕を取った。ゆっくりと引き上げられ、佐久良はされるがまま体を起こす。抗《あらが》う力は残っていなかったし、抗うつもりもなかった。

隣り合って座ったのは一瞬で、腰を摑まれ、若宮の太腿に跨《また》がるように腰を落とされた。

「ひっ……」

佐久良は思わず声を上げた。抜け出たばかりのところに、また体内深く屹立を埋められたのだ。さっきまで受け入れていたから、痛みも圧迫感もなかったけれど、一気に奥を突かれて衝撃《しょうげき》が走った。

「ああ、気持ちいい」

震える佐久良を抱きしめ、若宮が感慨《かんがい》深げに呟《つぶや》く。その声は佐久良の胸元で響いた。

「俺はこの体位が一番好き」

そう言いながら若宮はさらに佐久良を強く抱きしめる。こうすれば体が密着して、他の誰にも邪魔《じゃま》されることがない。そう言いたいようだ。

「でも、それじゃ、動けないいんじゃないですか?」

佐久良の背後から望月の声がする。

「お前は自分本位で動くのが好きだもんな」

若宮は佐久良の胸元から顔を上げずに言い返した。その後、一転して優しくなった声音で佐久良に囁く。

「こいつは乱暴だから、疲《つか》れたでしょ。俺とはゆっくりしましょうね」

その言葉どおり、若宮はゆっくりと下から揺さぶり始める。

腰が浮くような強さもなく、トン、トンとコンパクトに突かれるだけだ。もちろん、刺激や快感がないわけではないが、激しくないのがもどかしくなる。佐久良は自然と自ら腰を動かしていた。

今の佐久良では、ただ腰を上げるにも支えがいる。そのために若宮の肩に置いた手は、腰を上げた途端、肩から背中へと滑り落ちた。

「あ、ああっ……」

佐久良が自ら動いたことに気を良くしたのだろう。若宮が佐久良の腰を掴んで、その動きを手伝ったせいで、予想した以上の快感が訪れた。佐久良の手から力が抜け、若宮の首の後ろに回して縋り付くしかできない。

「はぁ……はっ……あぁ……」

揺さぶられ、甘い息が漏《も》れる。佐久良はしっかりと若宮の頭をかき抱く。

熱烈《ねつれつ》に抱き合う二人に、今度は望月が嫉妬《しっと》した。

「や、やめ……ろ……」

力ない制止は、二人の間に手を差し入れ、佐久良の屹立を扱き始めた望月に対するものだ。そんなに急いで追い詰められては、一度、達したばかりの体には辛い。

「お前の番は終わっただろ」

「若宮さんも手を出して来ましたよね」

佐久良を挟んで、二人が言い争いを始める。佐久良のことなら、どんなことでも負けたくないのだろう。だが、その間、放置される佐久良はたまらない。若宮も望月も完全に動きを止めていた。

きっとたいした時間ではなかったはずだが、昂った体を放っておかれた佐久良には、とてつもなく長い時間に感じた。

「もういい」

佐久良は掠《かす》れた声でそう言うと、なんとか力を振り絞り、若宮の肩に手を置いた。そして、自ら腰を浮かせる。

屹立に刺激を与えることも、奥を感じさせることも自力でできる。だが、今は奥に熱が欲しかった。

「ごめんごめん」

「すみません、晃紀さん」

二人が焦《あせ》って口々に謝罪《しゃざい》する。

「もうこいつは無視するから」

「晃紀さんをイかせることだけに集中します」

真剣な顔で言うことかと突っ込むよりも、今は二人が動き出してくれたことのほうが嬉《うれ》しい。

佐久良は素直に二人に与えられる刺激に溺《おぼ》れた。

今度は二人が協力した。腰を突き上げる若宮に対して、望月は佐久良の胸と股間を同時に愛撫する。三カ所を同時に責められ、長く保つはずがなかった。

「イクっ……」

たった一言叫《さけ》んだだけで、佐久良はあっさりと達してしまう。

「じゃあ、俺もっ」

若宮も切羽《せっぱ》詰まった声でそう言って、佐久良の中に熱を放った。

二人に抱かれ、イかされ、佐久良は力なく若宮にもたれかかった。

「疲れちゃった？　しばらくこうしてる？」

背中をさすりながら優しく問いかける若宮に、佐久良は無言で小さく頷く。まだ中に入ったままなのは気になるものの、今はもう動きたくなかった。

「それで、さっきは何を思いだしてたんですか？」

「ああ、そうだ。俺もそれ、気になってた」

急に話を蒸《む》し返され、佐久良はすぐになんのことだか思いつかなかった。だが、二人から警察学校のときのことだと言われ、ようやく思い当たる。警察学校時代の同期のことを思い出したあのときの佐久良の微妙な表情の変化を、二人が見逃すはずがなかったのだ。

「俺だけにスキンシップの多い男がいたのを思い出したんだ。もしかしたら、そうだったのかもなって」

隠す気力もなくなり、佐久良が正直に打ち明けると、二人は顔を見合わせ、大袈裟《おおげさ》に溜息を吐いてみせる。

「やっぱりじゃないですか」

「よく無事だったよ」

「俺をなんだと思ってるんだ。そうなれば、ちゃんと対処《たいしょ》できる」

佐久良はムッとして反論するが、二人は呆れたように肩を竦める。

「どうかなぁ」

「晃紀さんは甘いところがありますから」

「それは……」

言い返せなかったのは、二人とのことがあるからだ。結局、二人にいつもいいようにされてしまうのが甘いのだと言われると反論できない。

「まだまだ聞き出さなきゃいけないことがありそうだ」

「ですね」

若宮と望月は顔を見合わせて頷き合う。

「お風呂に行きましょうか」

「風呂なら一人で……」

「まだ中を洗ってませんからね」

佐久良の言葉を望月が遮る。たっぷりと中出しされた二人分のものは、若宮が栓《せん》をしていてまだ中に留まっていた。それを思い知らされ、佐久良は顔を羞恥で赤くする。

「洗いながら、話の続きね」

それだけで終わるはずのない笑顔で、若宮が決定事項だと言い切った。夜がまだまだ終わらないことを知り、佐久良の体は期待で熱くなった。

2

寺居が一課に異動して、早一週間が過ぎた。平和だったのは最初の三日間だけで、すぐに殺人事件が発生し、佐久良班は捜査に当たることになった。

寺居は佐久良と同期で警察官としてのキャリアは十年以上、そのうち五年は刑事だった。チームワークはともかく、戦力にはなると思っていた。

「寺居」

今日の捜査終わり、一課に戻ると佐久良は自分のデスクに寺居を呼んだ。

他の刑事と談笑《だんしょう》していた寺居は、何故《なぜ》一人だけ呼ばれるのかわからないといったふうに、首を傾《かし》げながら近づいてくる。その姿に佐久良は溜息《ためいき》が出る。

「なんですか？」

周りに他の刑事がいるから、表面上は取り繕《つくろ》った態度で寺居が尋ねる。

「どうして、勝手にいなくなった？」

佐久良は表情を険《けわ》しくして問い詰める。

今日は朝からずっと聞き込みだった。変則的に寺居を入れて三人組で回っていたのだが、途中で寺居がいなくなったのだ。それなりにキャリアのある刑事を手取り足取りで教えることもないと、見張っていたりもしなかった。その結果、同じビル内で聞き込みをしていたはずが、集合時刻に現れず、電話をかけても応答せず、二時間以上、佐久良と森村は動けなかった。何しろ、殺人事件の捜査だ。寺居が危険な目に遭《あ》っていないとも限らない。

「ちょっと気になることがあったんで……」

寺居は誤魔化《ごまか》すように頭を掻《か》きながら、言い訳にもならない答えを返してきた。

到底、納得できるはずもなく、佐久良はじっと寺居を睨《にら》み付ける。だが、待ったところで、それ以上の答えはなかった。

「気になることね」

佐久良はふっと鼻先で笑って見せた。そんな佐久良の反応が意外だったのか、寺居が驚いたような顔をしている。

「それで？　今のは無断でいなくなったことへの返事になっていないが？」

さらに追及を続ける佐久良に、寺居が言葉に詰まる。

どうして、そんな言い訳で佐久良を納得させられると思ったのか。やはり寺居はまだ佐久良と同期だというカードが有効だと思い込んでいるようだ。もしくは、警察学校時代の佐久良が、それほど甘い男に見えていたということなのか。

「……早く動きたかったんですよ」

佐久良の追及の手が緩《ゆる》まないことに、寺居はふてくされた態度で答えた。

「なるほど。たった一言連絡するだけの手間を省《はぶ》くほど急いで、何か成果が得られたのか？

報告は受けてないが」

佐久良の嫌みに、寺居は唇を噛《か》んで黙《だま》り込む。成果があれば、とっくに喜び勇《いさ》んで報告してきたはずだ。空振《からぶ》りだったからこそ、寺居は何も言わずにいた。それこそ、佐久良や森村にわびの一つもなかった。何食わぬ顔で捜査に加わったのだ。

また黙り込んだ寺居に、佐久良は深い溜息を吐く。

「手柄《てがら》を焦《あせ》ったか」

佐久良の言葉に寺居が顔を上げ、何か言いたげに口を開いたが、結局、何も言わずにまたすぐ閉じた。

刑事にとって憧《あこが》れの捜査一課だ。そこに異動になったのなら、認められたいと思うのも無理はない。だが、やり方がまずかった。

「一課では単独行動は珍《めずら》しくないいんじゃないのかよ」

寺居が顔を横に向け、不満そうに呟《つぶや》く。小さな声ではあったが、それは佐久良まで届いた。

「何の話だ?」

佐久良は眉根《まゆね》を寄せて、寺居に問いかける。

確かに、捜査一課には単独行動を好んでする刑事もいる。だが、許された行為ではないし、そのたびに叱責《しっせき》もされている。どこで話が間違って伝わったのだろうか。

「ああ、俺に憧れてんのか」

寺居ではない声が、佐久良の背後から聞こえてきた。

「藤村《ふじむら》さん、お疲れさまです」

「おう、お疲れ」

佐久良が立ち上がって挨拶したのは、捜査一課の先輩刑事である藤村亘《ふじむらわたり》だ。一課でも一、二を争う優秀な刑事で、人間性はともかく、刑事としては佐久良も尊敬《そんけい》している。

藤村は佐久良の肩に手を置き、座るよう促《うなが》してから、寺居に視線を移す。

「で、お前は俺に憧れて、単独行動してんの？」

「あ、いえ、いや、あの……」

寺居はしどろもどろになり、まともな答えが返せない。違うと言えば、失礼だし、そうだと言うには藤村のことを知らないのだろう。

藤村は優秀な刑事ではあるが同じくらい問題のある刑事でもあった。単独捜査は当たり前、連絡が取れないことも珍しくない。班長だけでなく、一課長からもよく叱責されている。だが、左遷《させん》も異動も打診《だしん》すらされていないのは、充分すぎる結果を出してきたからだ。

「藤村さん、堤《つつみ》はどうしたんですか？」

佐久良は藤村がコンビを組んでいる堤がいないことを指摘する。藤村たちも今は事件の捜査の真っ最中のはずで、藤村が一人でいるのはおかしい。

「うぜえから撒《ま》いてきた」

とんでもない台詞《せりふ》に佐久良は絶句《ぜっく》するが、藤村は声を上げて快活《かいかつ》に笑う。堤を出し抜けたことが楽しくて仕方ないようだ。

「おかしな噂《うわさ》があるのだとしたら、藤村さんのせいですね」

原因がわかったと佐久良は呆れて言った。

藤村は一人のほうが気楽だと、単独で捜査することが多かった。それで相棒《あいぼう》が長続きしなかったのだが、堤とコンビを組んでからは、以前ほど気ままな捜査はしなくなったと聞いていたが、やめたわけではないようだ。おそらく、そんな藤村の話が曲解して所轄《しょかつ》に伝わっていったのだろう。

「その噂がなんだか知らないが、それは俺だから許されてるんだ」

藤村は得意げに言って、寺居に向け挑発的《ちょうはつてき》に笑ってみせる。

「お前には百万年早い。つまり、生涯《しょうがい》無理ってことだ」

高笑いする藤村の背後から、その両肩にガシッと力強く手が置かれた。

「単独行動は、どこでも誰でも許されてませんよ」

低い声で窘《たしな》めたのは、藤村の相棒、堤だ。どうやら撒いたつもりでも、完全に撒き切れてはいなかったらしい。

「俺は許されてるって」

「許されてないから、俺が付けられてるんです。見張り役として」

「やだねぇ、上司の犬は」

藤村は肩を竦め、堤から顔を背《そむ》けて歩き出す。また堤を置いていこうというのだろう。堤は佐久良たちに軽く頭を下げて、その藤村を追いかけていく。

佐久良たちの手前、堤はあんなふうに言ったが、実際には藤村の行動は黙認《もくにん》されていた。何故なら、藤村は必ず結果を出すからだ。だが、制度上、おおっぴらにはできない。寺居のように勘違《かんちが》いして真似《まね》する者が必ず出てくる。

「確かに、藤村さんは勝手な捜査をすることもあるが、それには必ず堤が付き添ってる。藤村さんの捜査に従う堤がいてこそできるんだ。お前にそんな相棒がいるのか？」

佐久良はまだ仏頂面《ぶっちょうづら》をしている寺居に問いかける。

寺居は捜査一課に異動してきたばかりで、まだ誰とも信頼関係を築けていないし、実力を認められてもいない。そんな状態での勝手な行動はただの目立ちたがりのスタンドプレーでしかなかった。

「明日からは俺の指示に従え」

佐久良はあえてきつい口調で諭《さと》すと、佐久良班に解散を告げる。今日の捜査は終わりだ。捜査会議をするほどの収穫《しゅうかく》もなかった。明日もまた今日と同じで、聞き込みで歩き回ることになるだろう。だから、早く帰って体を休めてもらいたい。

「若宮と望月は残れ」

言わずとも佐久良を待っていそうな二人をあえて、皆の前で呼び止めた。

二人が佐久良のデスク前に移動する間に、他の刑事たちは寺居も含めて、全員が一課を出て行った。

一課全体の部屋は広い。だから、他に残っている刑事はいても、佐久良のデスク周りで声を潜《ひそ》めて話していれば、声は届かないだろう。

「お前たちも俺が何を言いたいかわかってるな?」

デスクを挟んで正面に立つ二人に、佐久良は問いかける。

「まあ、ちょっと言われてないことまでやったかな」

「捜査の一環《いっかん》です」

二人の説明に佐久良は顔を顰《しか》める。

若宮と望月も佐久良が指示した聞き込み範囲を逸脱《いつだつ》していた。寺居とは違い、連絡は取れていたし、二人で一緒に行動もしていた。だが、二人が聞き込みに行った先から苦情が来て、本来の捜査範囲を超えていたことを知ったのだ。

「寺居に張り合ってるのか?」

佐久良はさらに声を落として尋ねる。

二人は手柄をほしがるタイプではない。それなのに勝手な行動を取る理由は一つしか考えられなかった。

「張り合っているわけではありません」

「そう。ただ、どっちが上かわからせないといけないからさ」

二人に悪びれた様子はなく、堂々と答える姿に、佐久良は頭を抱える。ただでさえ、寺居だけでも面倒なのに、この二人まで暴走《ぼうそう》し始めると収拾《しゅうしゅう》がつかなくなる。このままでは捜査に支《し》障《しょう》を来しかねない。

「捜査に私情を挟むんじゃない」

「私情を挟んでも結果が出せればいいわけですよね？」

さっきの藤村を例に出し、望月が確認するように尋ねてきた。

「自分が藤村さんと同等だと思ってるのか？」

言った後に、すぐマズいと思った。事実であっても言うべきことではなかった。佐久良は表情には出さず、自分の言葉を後悔《こうかい》する。遙《はる》かに先輩ではあっても、同じ刑事だ。劣《おと》っていると言われて傷つかないはずがない。

望月はぐっと息を飲んでから、佐久良を強く睨み付けた。

「いつまでも藤村さんや本条《ほんじょう》さんには負けているつもりはありません」

望月が口にした、本条もまた一課のベテラン刑事だ。藤村の同期で、本条も一課のエースと呼ぶべき優秀な刑事で、佐久良が一課に配属になったばかりの頃に、指導をしてくれたのも本条だった。

「刑事は勝ち負けでやるものじゃない」

「刑事は勝ち負けじゃなくても、男としては勝負しますよ」

望月にしては珍しく、ムキになって言いつのる。隣にいる若宮も意外そうな顔で口を挟めずにいた。

二人で行動していても、寺居に釘《くぎ》を差そうとしていた若宮と違い、望月は最初から寺居ではなく本条や藤村をライバル視していたようだ。佐久良がその二人を特別視しているのがわかるからだろう。

警視庁でも一、二を争う敏腕刑事《びんわんけいじ》の二人をライバル視して頑張るのはいいが、男として張り合う手段に捜査を使うのは間違っている。

「やるべきことをやらないで、彼らに近付けるはずないだろう」

佐久良はまだ同列にも並んでもいないのだと望月を強い口調で窘めると、改めて二人に向けて命令する。

「明日からは決められた捜査をするように。随時《ずいじ》、報告は怠《おこた》るな」

この二人には、くどいくらいに念を押しておいたほうがいいだろう。職場では班長の顔は崩せない。佐久良は一切、表情を緩めなかった。

「わかりました」

「……わかりました」

望月だけ返事に間があったが、とりあえずは納得した態度を見せた。

「もう帰っていいぞ」

佐久良は席に座ったままで二人に帰宅を促す。

「班長は帰らないんですか？」

若宮が仕事モードの言葉遣いで尋ねてきた。

「ああ。まだ少しすることがある」

佐久良は素《そ》っ気《け》なく答える。

捜査中でなければ一緒に帰るところだが、そうなればマンションにまでついてくることは必至だ。今は容疑者の手がかりさえ摑めていない状況《じょうきょう》で、とてもそんなことをしている気分にはなれない。

佐久良の心境《しんきょう》は二人もわかっているのだろう。ここでは何も言わず、おとなしく引き下がった。

二人が順番に一課を出て行くのを見届けてから、佐久良はパソコンを起ち上げる。

そうして、一時間ばかり書類仕事に励《はげ》んだ。外回りの捜査ばかりでは溜まっていく一方だ。だから、少しでも時間ができれば片付けるようにしていた。

「なんだ、まだ残ってたのか？」

外回りから戻ってきた本条が、デスクにいる佐久良に気づいて声をかける。

「いえ、もう帰ります。本条さんは一人ですか？」

本条が一人だけで戻ってきたことに、佐久良は疑問の声を上げた。本条が捜査に出るときには、必ずコンビである吉見潤《よしみじゅん》が同行しているはずだった。その姿が見えない。

「ああ。吉見は直帰させた。戻ってくる用もなかったしな」

「それなら、本条さんはどうして？」

「こっちでちょい野暮《やぼ》用だ」

本条がそんなふうに言うのなら、おそらく捜査に関する何かがあるのだろう。そして、それを今は話すつもりがないということだ。本条ぐらいの刑事になると、明かせない情報源の一つや二つ持っていておかしくない。佐久良はそれを追及することはしなかった。

「寺居はどうだ？」

寺居が配属になって一週間、初めて本条から尋ねられた。気にはなっていたのかもしれないが、忙しくて話をする機会がなかった。

「難しいですね」

佐久良は苦笑いで正直な気持ちを吐露《とろ》した。

「同期はやりづらいか？」

「同期だからじゃなくて、俺と相性が悪いのかもしれません」

佐久良はずっと思っていたことを口にする。これまで誰にも言わなかったが、配属初日から、そう考えていた。

「お前にも相性が悪い奴がいるんだな」

本条がおかしそうに笑う。

「誰とでも合わせられる自信があったんですが……」

「俺もそう思ってたよ」

本条にも認められるほどの協調性が、佐久良が班長に選ばれた要因でもあると、佐久良自身、そう思っていた。だが、寺居に対してはどうにも上手くいかない。

「最初から、本条さんのところに入れてもらえばよかったですね」

「そういう話もあったんだけどな」

「そうなんですか？」

佐久良の問いかけに、本条はそうだと頷いて返す。

「班長がどちらでもいいと言うから、俺が断った」

「本条さんがですか？」

意外すぎる答えに、佐久良は驚きを隠《かく》せない。本条は後輩の指導に親身になるタイプだ。佐久良も本条から刑事のイロハを教わった。

「うちには吉見がいるからな」

「まだそんなに手がかかりますか？」

吉見が一課に来たばかりの頃を思い出しつつ、佐久良は尋ねた。

キャリア組で、一課最年少ながら警部《けいぶ》の階級を持つ吉見は、超がつくほどマイペースな男だ。警察庁高官《こうかん》を父に持ち、叔父《おじ》は警視庁副総監《ふくそうかん》というサラブレッドであり、育ちの良さが見た目に表れていて、とても刑事には見えない。大学生だと言っても充分に通じる幼い外見をしていた。

「そうじゃない。多分、吉見とぶつかる」

「そんなタイプには見えませんが……」

「吉見はな、ああ見えて刑事への理想が高いんだ」

ああだからかと、佐久良はすんなりと腑《ふ》に落ちた。マイペースで傍若無人《ぼうじゃくぶじん》なところもある吉見が、本条には最初から懐《なつ》いていたように見えた。つまり、吉見にとって本条は理想とする刑事像だったのだろう。

「寺居では、その理想の刑事になれませんか?」

「なる必要はないんだよ」

本条は苦笑いしてから、

「むしろ、ならなくていい。いろんなタイプの刑事がいてこそ、捜査の幅《はば》が広がるんだと俺は思ってる」

そう持論を展開した。

「けどな、吉見が理想とする刑事になりたいと努力するのであれば、俺はそれを手伝ってやりたいんだよ」

吉見を思い浮かべているのか、本条の顔に優しい笑みが浮かぶ。

「それには寺居が邪魔《じゃま》でしたか？」

「そうだな。寺居はもう寺居なりのスタイルで固まっているから、多分、それが吉見の目に止まると黙っていないだろう」

佐久良の知らない吉見の一面だ。行動を共にしている本条だからわかることで、ぶつかるとわかっていて、一緒にさせることはない。実績《じっせき》のある本条の意見は班内だけでなく、一課内でも尊重《そんちょう》されるから、おそらく寺居が本条たちの班に入ることはなさそうだ。

「吉見のこと、随分と気にかけてますが、最初はそうじゃなかったですよね？」

佐久良は吉見が配属されると決まった当時のことを思い返す。キャリア組というだけでなく、副総監の甥《おい》っ子《こ》だと言われて、どう対処《たいしょ》するのが正解なのか、皆で話し合った。結果、後輩の指導に実績のある本条が押しつけられたのだ。これまでと違う後輩刑事に、本条も戸惑《とまど》っていたように記憶している。

「最近、楽しくなってきたんだよ、あいつの成長を見るのが。俺も年かな」

苦笑しつつも、本条は言葉どおり楽しそうだ。佐久良にはまだ後輩の成長を楽しむ余裕はない。本条と佐久良の年の差はたった七歳。果たして、七年後、本条のようになっているのか。

寺居に手を焼いているようでは、先は厳《きび》しそうだ。

「だから、寺居は自分のスタイルでやっていけるよう、周りに合わせるしかない。あいつに必要なのは指導者じゃなく、協調性だ」

「寺居のこと、前から知ってたんですか?」

「情報だけな」

本条は軽く言うが、おそらくもっと深い情報も摑んでいるはずだ。本条は驚くほどに顔が広い。各所轄にそれぞれ顔見知り以上の知り合いがいる。しかも、本条が頼めば、大抵の要望には応えてくれるような知り合いだ。それは本条の人望によるものだろう。

そうやって知り得た情報を元に、吉見とは合わないと判断したようだ。なおかつ佐久良班に入れることに反対しなかったのは、佐久良なら上手くやれると信頼してくれたからかもしれないと思うと、今の現状に胸が痛む。

「気にするな。そもそも一課長は各班に順番に回していくつもりでいる」

「そうなんですか?」

佐久良はそこまで聞いていなかった。ただ仮の配属だと言われただけだ。佐久良がその理由を疑問と共に尋ねる。

「一から育てる余力がないから、それなりにキャリアのある刑事を呼んできたんだ。相性のいい班があって、そこで実力を発揮《はっき》できるのなら、それが一番だ」

「ありがとうございます。少し気が楽になりました」

佐久良は安堵《あんど》の笑みを漏《も》らし、本条に礼を言った。おそらく、本条はそのことをわざわざ佐久良に伝えに来てくれたのだ。野暮用もしかしたら、佐久良のことだったのかもしれない。

「ならよかった。お前は一人で抱え込む癖《くせ》があるからな」

ポンと軽く肩に手を置かれ、その温かさに佐久良の気負いが解ける気がした。いつでも頼っていいと言ってくれている本条の懐《ふところ》の広さに、望月だけではない、佐久良自身もいつまでも敵《かな》わない気がした。

説教が効《き》いたのか、それとも思うところがあったのか、あれ以来、寺居が捜査中に抜け出すことはなくなった。もっとも、その表情は納得したとはいいきれないものだが、今はこれで充分だ。

3

おそらく、この捜査が終われば、寺居は他に移る。そう思えば、気が楽になり、迷惑《めいわく》さえかけられなければ、細かいことには目をつむれた。

だからなのか、捜査は順調に進んだ。目撃者《もくげきしゃ》が現れ、その証言《しょうげん》から容疑者《ようぎしゃ》の身元が判明《はんめい》したのだ。酒井和人《さかいかずと》、三十八歳のフリーターだ。今日はアルバイトが休みであることもわかったから、その住所に急行するところだった。

「近くにいるのは若宮と望月か」

佐久良は手帳を見ながら、各人員の現在の居場所を確認する。その中でもっとも若宮と望月のコンビが、酒井の住所に近かった。佐久良たちも向かうのだが、念には念を入れ、人手は増やしておきたい。

「森村、若宮に連絡して、向かうように言ってくれ」

「了解です」

短く答え、森村がすぐさまスマホを取り出す。

「現場に集合だが、先に動かないよう、念を押すのも忘れるな」

付け加えた指示を森村は電話の応対をしながら、頷いて答えた。若宮の応答が早かったようで、既《すで》に電話は繋《つな》がっていた。

「すぐに向かうそうです」

森村から若宮の返事を受け取り、そのまま車に乗り込む。運転席に森村、助手席に寺居、後部座席に佐久良で乗車した。三人のときはいつもこの体勢だ。

現場に先に着いたのは佐久良たちだった。距離的には若宮たちのほうが近かったが、車のそばにいなかったのだろう。

「もう俺たちだけでいいんじゃないですか」

寺居が形ばかりの敬語で話しかけてくる。到着したばかりで待つほどのこともしていないが、まだ手柄を独り占めしたいという気持ちが残っているのだろうか。

「容疑者が一人でいるとは限らない。出入り口は完全に押さえる必要がある」

佐久良は険しい顔で、寺居の提案をはねのける。

酒井が住んでいるのはマンションの一階だ。脱出口である玄関と窓を押さえるには、最低でももう一人ほしい。

酒井はひょろりとした痩《や》せ型の男で、武道の心得もないらしいとはわかっているが、相手は殺人犯かもしれないのだ。万全《ばんぜん》を期《き》して対処するべきだ。

「その用心深さがあって、班長になれたってことか」

独り言《ひとごと》のような寺居の呟きは、聞こえなかったことにしようかと思った。けれど、まだ手柄にこだわっているのなら、釘を刺しておいたほうがいいと、考えを改める。

「捜査は手柄を立てるよりも、ミスをしないことが大事だ。それくらい、わかっているはずだがな」

当たり前のことだと、佐久良は寺居を諭す。

刑事の仕事は犯人を捕まえることだ。誰かを出し抜いて自分だけが手柄を立てるなんてことは必要ない。佐久良はずっとそう思い、刑事をやってきた。

「お役所仕事みたいだな」

「なんとでも言え。俺は確実なほうを取る」

佐久良はそう切り捨ててから、

「それから、俺は上司だ」

寺居の後頭部に向けて言葉遣いを咎《とが》める。寺居がすみませんと小さな声で謝罪《しゃざい》し、前を向いたまま頭を下げた。

そんなふうに終わった会話は車内に気まずい雰囲気《ふんいき》をもたらす。その空気に、最初に耐《た》えきれなくなったのは森村だった。

「もうそろそろ来るんじゃないですかね」

森村はそう言って、若宮たちを出迎えるためとでもいうふうに、そそくさと車を降りた。車内は二人だけになったが、佐久良は気にせず、スマホを操作する。他の刑事たちに連絡するためにだ。

沈黙が流れる車内に、今度は寺居が耐えられなくなったのか、無言で車を降りていった。構わず、そのまま乗車していた佐久良を呼びに来たのは、若宮たちが到着したという知らせを持った森村だ。

森村が開けてくれたドアから外に出ると、すぐ近くに若宮と望月が立っていた。

「遅くなりました」

望月が仏頂面で頭を下げる。日頃から愛想《あいそ》のいい男ではないが、機嫌《きげん》が悪そうに見えるのは、佐久良の気のせいだろうか。

「まあ、これでもまっすぐ来たんですけどね」

若宮はいつもと変わらない調子で、笑顔で軽く肩を竦めて見せる。

「いや、よく来てくれた」

佐久良はまず二人を労《ねぎら》ってから、これからの各自の行動を指示していく。

「出入り口は玄関と窓の二カ所。俺たち三人は玄関側に回る。若宮と望月はベランダ側で待機してくれ」

それぞれが了解し、各自、持ち場へと移動する。

車は気づかれないよう、少し離れた駐車場に停めておいた。そこから歩いて酒井のマンションに向かう。その間、全員が無言だ。

酒井はフリーターを自称《じしょう》しているが、実際はほとんどアルバイトをしておらず、今は週に一回行けばいいところのようだ。調べた限り、今日はアルバイトにいく日ではないから、平日の昼間のこの時間帯も在宅している可能性が高い。

目指す三階建てのマンションに到着した。佐久良は手振りと目配せをして、全員を配置につかせる。

右から二つ目のドアの前に立った佐久良は、寺居と森村に頷いて見せてから、インターホンを押した。

『……はい』

少し遅れて応答に出た声は、訝《いぶか》しそうな響《ひび》きを持っていた。カメラのついたインターホンではないから、酒井はドアの覗《のぞ》き窓で佐久良たちを確認し、警察の可能性を疑っているのだろう。後ろめたいことがあるからこその反応だと、佐久良は確信する。

「警察です。少しお話を聞かせてください」

『ちょ……ちょっと待ってください』

慌《あわ》てた様子で答えた酒井の気配がドアから遠ざかる。どたばたと中で何か落としたような音や壁にぶつかりでもしたかのような物音がしている。相当に慌てている様子が扉越しでも窺《うかが》えた。

「当たりみたいですね」

森村が小声で話しかけてくる。佐久良も頷いて同意する。

様子を見ていたのは一分となかっただろう。すぐにベランダ側から声がした。

「窓から出てきました」

若宮の声だ。だが、全員で向かうことはしない。まだ部屋の中に誰も残っていないとは限らないのだ。

「森村、応援に行ってくれ」

森村の名前が出たのは、寺居を信用していないからではなく、咄嗟《とっさ》にいつもコンビを組んでいる森村が先に浮かんだだけだ。

寺居と二人で玄関ドアの前に張り付き、誰も外に逃さないよう待機する。もちろん、その間にもベランダ側での物音には耳を研《と》ぎ澄《す》ませていた。

「確保しました」

再び、若宮の声がして、

「室内にも誰もいません」

ドアの向こうで森村の声も聞こえてきた。おそらく酒井の身柄を若宮と望月が取り押さえたのを見た森村が、室内の様子を窺い、人の気配がないことを確認して、踏《ふ》み入ったということだろう。

玄関ドアが内側から開き、森村が姿を見せる。その手には脱いだ靴《くつ》がぶら下げられていた。

「ご苦労さま。容疑者の様子は？」

「おとなしいです。飛び出した先に、二人も刑事が待ち構えてたんで、完全に戦意喪失《せんいそうしつ》してますね」

「手間が省けて良かったな」

佐久良が森村の説明を聞いている間に、若宮と望月が酒井を挟んで連行してくる。暴《あば》れることもなく、項垂《うなだ》れて歩いている様は、まさに戦意喪失といったところだ。

すっかりおとなしくなった酒井から部屋の鍵を受け取り、施錠《せじょう》してから車に向かう。すぐに家宅捜索《かたくそうさく》に入ることになるが、証拠品《しょうこひん》があるから、それまでこの部屋を荒《あ》らされては困る。

車のそばまで来て、問題が一つ浮上した。どちらの車で、どの組み合わせで酒井を警視庁まで連行するかだ。

車は佐久良たちが乗ってきたものと、若宮たちので二台。そのうちの一台を使って酒井を連行する。後部座席に容疑者を乗せ、両側を刑事が挟む形がベストだ。三人組の佐久良たちの車に乗せれば済む話なのだが、

「森村がそっちの車に行って、運転すればいいんじゃないのか」

寺居が予想外の提案をして、若宮と望月の視線が険しくなる。

「班長が運転するのも護送係《ごそうがかり》をするのもおかしいし、だったら、この組み合わせしかないだろう」

寺居が当然のように言ったことは一理ある。佐久良の立場を慮《おもんぱか》ってのことなら、運転手役は寺居か森村だ。二人がどちらの車の運転をするかとなれば、寺居はまだ若宮と望月との接点がほぼなく、だから、寺居の提案が無難な組み合わせではあった。もちろん、それに若宮と望月が納得するかは別問題だ。

「新入りが率先《そっせん》して、この役をすべきなんじゃないのかなぁ」

若宮が酒井の腕を摑んだまま、当てこすりのように言った。酒井の腕には手錠《てじょう》がかけられていて、少々のことでは逃げられる恐《おそ》れもないが、こんなところで揉《も》めている場合でもないし、容疑者に内輪の揉め事を見せるのもまずい。

「わかった。もう俺が運転しよう。こっちで……」

言葉の途中で佐久良は、咄嗟《とっさ》に体を反転させる。

完全に油断していた。こちらに向かって突進してくる男に気づくのが遅れた。

「班長っ」

焦った声と共に若宮と望月が佐久良の前に立ち塞《ふさ》がる。佐久良を守ろうとしているのはわかるが、優先順位が違う。それに二人が動いたということは、酒井がフリーになったということだ。

「退《ど》け」

佐久良は二人の間に手を差し込み、割って入ろうとするが、二人は佐久良のための壁《かべ》となって動かない。

「身柄《みがら》、押さえました」

寺居の声がして、その後に森村の声が続く。

「こっちも無事です」

それを聞き終えると同時に視界が開けた。佐久良を前に通すために、二人が両サイドにずれたからだ。

駆《か》け寄ってきていた男は寺居に組み敷かれ、酒井の前には森村がいる。二人は状況を判断し、的確に動いてくれていたらしい。

「こいつが千鶴《ちづる》を殺したんだ。だから、俺がこいつを殺してやる」

寺居の下からでも、男は酒井を睨み付けている。その言葉だけでわかった。被害者《ひがいしゃ》、斉藤千《さいとうち》鶴《づる》の恋人だった井筒《いづつ》だ。被害者に結婚《けっこん》間近の恋人がいることは捜査中に判明していたが、佐久良は面識がなかった。

「だからって、君が手を汚すことはない」

佐久良は前に進み出て、井筒のそばでしゃがみ込む。

「どうせ天国のあいつは喜ばないとか綺麗事《きれいごと》言うんだろ」

「いや、君が犯人を手にかけたとして、斉藤千鶴さんの無念《むねん》は晴らせるのかな」

被害者遺族《いぞく》や関係者が犯人に復讐《ふくしゅう》したくなる気持ちは、佐久良も理解できる。だが、その後のことを考えると、復讐を果たしたと言えない気がする。遺族が罰《ばつ》を受けるような復讐方法では余計に被害者が無念を感じるのではないか。佐久良はそんなふうに思っていた。

被害者にも被害者遺族にもなったことのない佐久良の言葉が、どれだけ井筒に通じたかはわからない。けれど、井筒は何かを考えるように静かになった。

「森村、応援を呼んでくれ」

佐久良は振り返って森村に命じた。井筒もこのまま放免《ほうめん》というわけにはいかない。連行するべき人間が増えたのだ。

「それから、井筒は先に連行する。俺と寺居で応援を待つから、森村を運転手にそっちにつける」

若宮や望月が余計なことを言い出す前に、佐久良は決定事項だと全員に告げた。

案《あん》の定《じょう》、二人は不服《ふふく》そうな顔をして見せたが、さすがにこの状況で不満を口にするほど愚《おろ》かではなかった。

若宮たちが車に乗り込み、去って行ってから、

「君は車に乗って待っていよう」

佐久良はそう酒井を促した。

襲撃《しゅうげき》は未遂《みすい》だった。動機は充分に情状酌量《じょうじょうしゃくりょう》できる。だから、酒井を犯人扱《あつか》いにはしたくなかった。さっきからの騒《さわ》ぎで、既に周辺の住民が家から出てきたり、窓から顔を出したりして、注目を集めている。これ以上、酒井を人目に晒《さら》すことは避《さ》けたかった。

「俺も一緒に乗るから、寺居はここに残ってくれ」

見張りというわけではないが、人が集まってきた場合の対処や、万《まん》が一《いち》、また押しかけてくる誰かがいないとも限らないと、佐久良は寺居に命じた。寺居が頷いたのを見て、佐久良は車のドアを開けて、そのまま乗り込もうとした。

「班長ともなると、真っ先に守ってもらえるんだな」

寺居に向けた背中に、嘲笑《ちょうしょう》を含んだ声音《こわね》がかけられる。さっきの若宮と望月の行動が間違っているのは佐久良もわかっていた。だが、ここで佐久良が二人を非難《ひなん》すると、二人の評価《ひょうか》が下がる。

「班長だからな」

あの二人だからとは言わず、嫌みに嫌みで返して、そのまま車に乗り込んだ。寺居の返事など待たなかった。きっと寺居は自分より出世した佐久良が気に入らないだけで、若宮や望月を貶《おとし》めることはしないだろう。だから、寺居の反感《はんかん》は全て佐久良に向くようにして、今の時間はやり過ごそうと決めた。

応援の刑事が来るまでの時間、佐久良は一度も車を降りず、寺居も話しかけてくることはなかったから、不毛な会話はせずに済んだ。

井筒の自供を取るだけでなく、酒井の対処もあって、日付が変わるまで佐久良たちは一課から出られなかった。裏付け捜査は担当の所轄署に任せたから、これでもまだ早く終わったほうだ。

「皆、お疲れ。今日はもうゆっくり休んでくれ」

佐久良は刑事たちに労いの言葉をかける。まだ調書を纏《まと》めたりと完全に終わったわけでないが、井筒が全面自供したことで、一応の解決は迎《むか》えた。気持ちは随分と楽になった。

刑事たちそれぞれが一課を出て行く中、若宮と望月は何も言わなくても、その場に留まっていた。事件の捜査が終われば、一緒に帰れると二人が佐久良を待つのがわかっていたから、二人に用があっても自分からは何も言わなかった。

「若宮、望月、ちょっと来い」

佐久良は二人を呼ぶと、先に立って歩き出す。二人はすぐにその後をついてきた。

一課を出て一番近い会議室に二人を連れて入ると、ドアを閉めて密室を作る。今からする話を他の誰かに聞かせるわけにはいかない。

「どうして、呼ばれたか、わかってるな?」

お手数ですが
切手をおはり
下さい。

郵便はがき

1 0 2 - 0 0 7 5

東京都千代田区三番町8−1
三番町東急ビル6F
㈱竹書房　ラヴァーズ文庫

飴と鞭も恋のうち
〜Fifthハートブレイク〜

愛読者係行

アンケートの〆切日は2023年4月30日当日消印有効、発表は発送をもってかえさせていただきます。

A	芳名《フリガナ》				
B	年齢　　　歳	C	女・男	D	ご職業
E	ご住所 〒				
F	購入方法 ・書店　・通販　・その他（　　　） 電子書籍を購読しますか？ ・電子書籍メインで購読している　・ときどき購読する　・購読しない				

※いただいた御感想は今後、「ラヴァーズ文庫」の企画の参考にさせていただきます。
なお、御本人の了承を得ずに個人情報を第三者に提供することはございません。

飴と鞭も恋のうち～Fifthハートブレイク～

ラヴァーズ文庫をご購読いただきありがとうございます。2022年新刊のサイン本(書下ろしカード封入)を抽選でプレゼント致します。(作家：秀 香穂里・西野 花・いおかいつき・奈良千春・國沢 智)帯についている応募券2枚(11月、1月発売のラヴァーズ文庫の中から2冊分)を貼って、アンケートにお答えの上、ご応募下さい。

H	●ご希望のタイトル ・超現実主義者と花の巫女の蜜約　西野 花　・発育乳首～蜜肌開発～　秀 香穂里 ・ラブコレ18thアニバーサリー　・飴と鞭も恋のうち～Fifthハートブレイク～　いおかいつき
I	●好きな小説家・イラストレーターは？
J	●ご購入になりました本書の感想をお書きください。 タイトル： 感想： タイトル： 感想： 応募券を貼って下さい　応募券を貼って下さい
K	●プレゼント当選時の宛名カードになりますので必ずお書きください。 住所 〒 氏名　　　　様

ラヴァーズ文庫 1月の新刊

好評発売中!!

課長の乳首は、だれで一番感じますか?

[発育乳首 ～蜜肌開発～]

著 秀 香穂里　画 奈良千春

禁欲的で冷たい容姿を持つ、桐生義晶は、決して知られてはいけない秘密を隠している。毎晩、居候の坂本に乳首を嬲られ、大きく育っているのだ。その胸の秘密を知られてしまった上司と部下とも、淫らな関係を持ってしまう桐生だが…。「君のHな乳首は、俺たち以外の男でも感じるのかな?」三人の淫靡な企みで、謎の美しい男が更に加わり、感じやすい桐生の胸は、いっそう甘く、敏感に育てられていく──。

警視庁の男前ストイック上司　濡れイキ

[飴と鞭も恋のうち ～Fifthハートブレイク～]

著 いおかいつき　画 國沢 智

捜査一課のエリート刑事・佐久良は、酔って記憶を失くしたせいで、ふたりの部下と、同時に付き合うことになってしまった。恋人を甘やかしたい若宮と、泣かせてしまいたい望月。ふたりの『アメ』と『ムチ』に、佐久良は毎晩のように翻弄されている。しかし、上司のことを好きすぎるあまり、捜査中に問題を起こしてしまったふたりと、距離を置こうと決意する佐久良だが──。お預け状態の狂恋が、予想外の事件を巻き起こす!!

竹書房

ひみつ滴る　隠し巫女はおとこ

「超現実主義者と花の巫女の蜜約」

著 西野 花　画 奈良千春

山中でひっそりと暮らしていた『隠し巫女』の紬のもとへ、動画クリエイターの友朗がやってくる。友朗に秘密を握られてしまった紬は、二人で体をつなげて邪気を祓う、甘美な儀式をすることになってしまうが…。

読者の声

隠れてるのがもったいないくらい、可愛くてHな男の巫女さんでした♥（北海道／T・Nさん）

切ないところもあり、Hもなかなか激しくて満足な１冊でした！（岐阜県／A・Uさん）

創刊18周年記念スペシャルBOOK!!

「ラブ♥コレ18th アニバーサリー」

西野 花・秀 香穂里・いおかいつき・ふゆの仁子・犬飼のの・バーバラ片桐
奈良千春・國沢 智

お楽しみ☆スペシャルピンナップ付き!! 2022年発売の新作&人気シリーズ7作品の書き下ろしSS、キャララフ、ショートマンガを掲載。「発育乳首〜白蜜管理〜」「リロードシリーズ」「飴と鞭シリーズ」「獅子の契り」「苺乳の秘密」「薔薇の宿命シリーズ」「超現実主義者と花の巫女の蜜約」

読者の声

お目当ての作品以外も、読んでみたくなる作品がいくつも入っていて、よかったです。（神奈川県／K・Iさん）

イラストラフがすごく綺麗でした。ピンナップも作品がミックスされていて素敵でした♥（栃木県／M・Nさん）

ウインタープレゼント

書下ろしSSカード封入 サイン本プレゼント!!

ラヴァーズ文庫2022年新刊のサイン本（書下ろしカード封入）を抽選で各100名様にプレゼント致します。帯についている応募券2枚（11月、1月発売のラヴァーズ文庫の中から2冊分）をアンケートハガキか官製ハガキに貼って、以下の必要事項をご明記の上、ご応募下さい。ご希望のタイトル・住所・氏名・年齢・職業・作品の感想・好きな作家・好きなイラストレーター

あて先
〒102-0075
東京都千代田区三番町8-1
三番町東急ビル6F
(株)竹書房　ラヴァーズ文庫
ウインタープレゼント係

しめきり
2023年4月30日
当日消印有効

※当選者の発表は賞品の発送をもってかえさせて頂きます。

100名様

※イラストはイメージです。

［超現実主義者と花の巫女の蜜約］
著 西野 花
画 奈良千春

［ラブコレ18thアニバーサリー］
執筆作家8名のサインのみ。
カードは付きません

［発育乳首～蜜肌開発～］
著 秀 香穂里
画 奈良千春

［飴と鞭も恋のうち～Fifthハートブレイク～］
著 いおかいつき
画 國沢 智

ラヴァーズ文庫 4月の新刊予告

日本人の会社員を巡って、灼熱の地で衝突する『龍虎』の激戦
［龍虎の甘牙(仮)］
著 ふゆの仁子
画 奈良千春

無自覚にオメガへ変異した甘い色香を、野獣たちに嗅ぎつけられてしまって!?
［二匹の野獣とオメガの花嫁(仮)］
著 西野 花
画 國沢 智

(株)竹書房 http://bl.takeshobo.co.jp

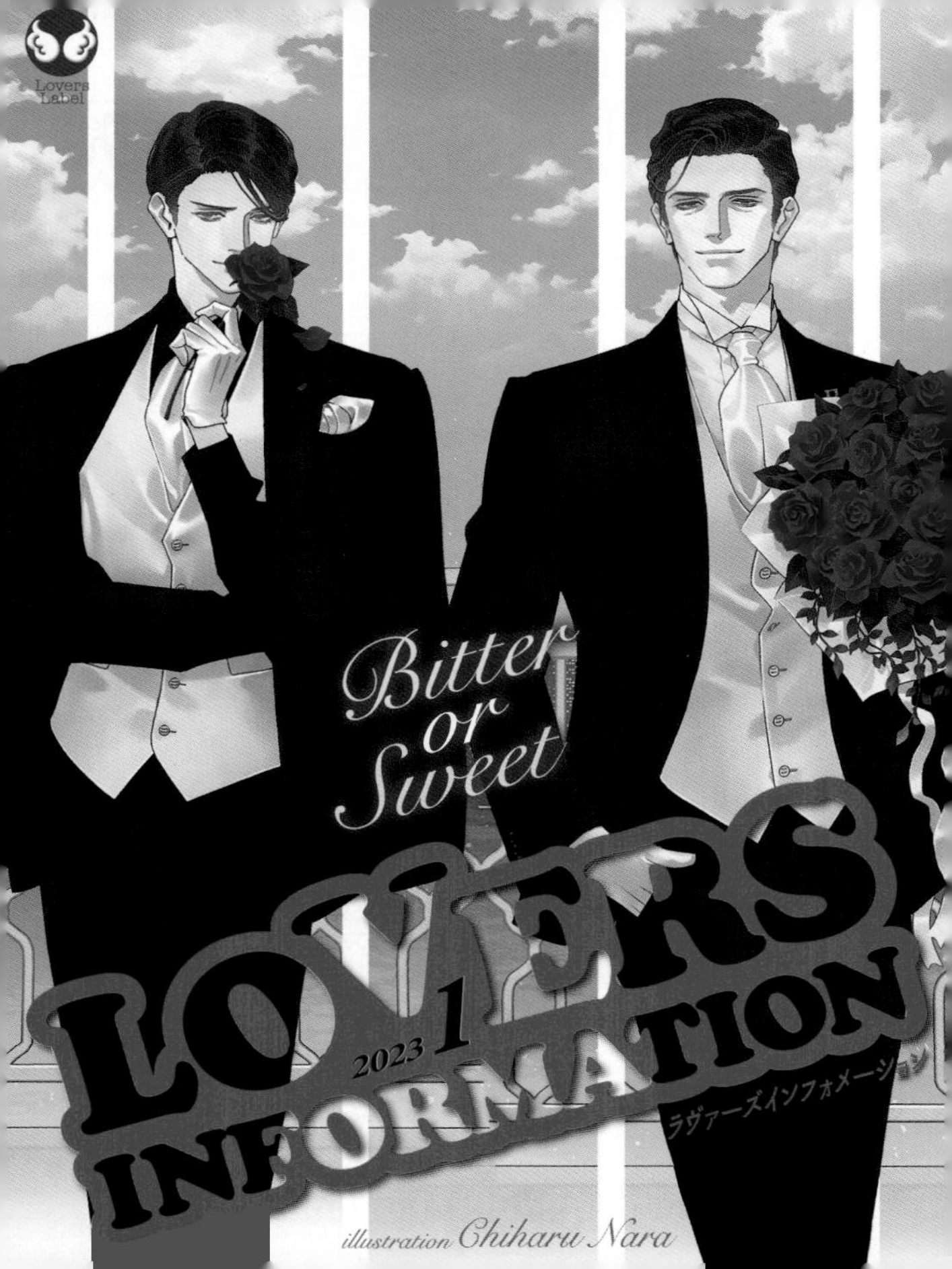
Lovers Label
Bitter or Sweet
LOVERS INFORMATION
2023 1
ラヴァーズインフォメーション
illustration Chiharu Nara

厳しい声で問いかけた佐久良に、若宮は苦笑いで頭を掻き、望月は眉間《みけん》に皺《しわ》を寄せる。思い当たることが充分にある顔だ。

「あー、今日の現場での話ですよね」

「どうして、あんな真似をした？」

先に口を開いた若宮に佐久良は詰問《きつもん》する。

「咄嗟に体が動いたから？」

若宮は疑問形にはしているが、それは事実で間違いないだろう。あの瞬間にああして反応するのは、頭で考えてできることではない。

「その後は？　もう咄嗟じゃなかったよな？」

佐久良が二人を叱責せずにはいられなかったのは、その後の行動のほうだ。咄嗟に体が動くのは、これからの努力で改めるしかないが、わかっていて佐久良を庇《かば》ったことは刑事として間違った行為だ。

「殺人犯より班長のほうが守るべき存在です」

黙っていた望月がようやく口を開いたかと思えば、明らかに私情の入った言い分を口にした。望月にとってはそれが正義なのだろう。だが、望月は刑事だ。

望月だけでなく、若宮もまた、捜査よりも佐久良を優先しがちなことには気づいていた。それでも、今までは捜査に支障を来すことがなかったから見過ごしてきた。それが間違いだったたのだ。

「あの場に森村と寺居がいなかったら、もう一人、犯罪者を作り出すところだったんだ。それがわからないのか？」

佐久良に諭され、望月が言葉に詰まる。若宮も何も言わない。三人の間に、嫌な沈黙が訪れた。

二人ともわかっていなかったはずはない。わかっていて、佐久良を優先させたのだ。それは決して許されることではない。

佐久良は深い息を吐いた。

「俺たちは……少し距離を置いたほうがいいのかもしれない」

「どういうことですか？」

望月よりも若宮が先に反応した。詰め寄るように近づいてきたのを、佐久良は腕を前に出して押しとどめる。

「落ち着いて話を聞け」

佐久良が一喝《いっかつ》すると、若宮が動きを止め、望月も無言で佐久良を見つめる。

「俺たちは距離が近くなりすぎたんだ。そのせいで、今までならできていたことができなくなってる」

「公私をわけられなくなってるってことですか？」

望月の問いかけに佐久良はそうだと頷く。

「もう大丈夫です」

「そうですよ。できますって」

二人の根拠《こんきょ》のない自信に、佐久良は緩く頭を振る。

「今日できなかったのにか？　日頃から意識しないと、今日のように咄嗟の判断を誤《あやま》ることになる」

ほんの数時間前のことだ。自分たちのミスは自分たちが一番よくわかっている。咄嗟に体が動いたなど、言い訳にはならないことも、本当は二人も理解していた。だから、何も言えず唇《くちびる》を噛みしめるしかできないのだろう。

「それから、二人でいると暴走を止められない可能性もあるから、二人のコンビも解消する。一時的か、永久になるかは、今後の態度次第だ」

「そっちはどうでもいいです」

「コンビを解消するんで、距離を置くのはナシってことに……」

「そんなことを言ってるから、距離を置くんだ」

口々に訴《うった》える二人を佐久良は冷たく切り捨てる。

「公私の区別がつけられないうちは、距離は置いたままだぞ」

「なるほど、自分たち次第ってわけか」

若宮は独り言のように呟く。その表情はどこかすっきりとしていた。どうやら、佐久良の言いたいことをわかってくれたようだ。

対照的に、若宮の隣にいる望月は明らかに不服だと表情に出したまま、

「……わかりました」

渋々《しぶしぶ》ながらもそう言った。そして、小さく頭を下げ、部屋を後にした。

「なんだ、あいつ」

訝しげに望月を見送った若宮は、佐久良に向き直ると、

「班長はこの後もまだ仕事ですか？」

いつもと変わらない笑顔で問いかけてくる。ただ言葉遣いだけはいつもと違った。公私を分けるためなのだろう。

「ああ、まだ少しな」

「お疲れさまです。無理しないでくださいね」

「あ、ああ」

若宮に部下らしい態度を取られると戸惑ってしまう。付き合う前から、親しげにしてきていたから、違和感しかない。

「それじゃ、俺はお先です」

若宮がほどほどに親しい部下の態度を保ったまま、部屋を出て行った。

一人になった部屋で、佐久良はまた深く息を吐く。

言わなければいけないことは言った。後は伝わってくれることを願うばかりだ。

佐久良もただ突き放したいわけではない。距離を取ることの寂《さみ》しさは佐久良も感じている。

だが、人に言えない関係を続けていくなら、それ以外のところでは人につけいる隙《すき》を与えないようにしていたかった。それに、せっかく三人とも刑事として同じ職場にいられるのだ。今の環境《かんきょう》も守りたかった。そのために、二人にはしっかりとわかってもらう必要があった。

一人で会議室を出て、佐久良が一課に戻ると、もう若宮も望月もいなかった。

佐久良は残っていた書類仕事を片付けてから、手早く帰り支度をして、一課を後にする。

もう午前一時を過ぎている。昼間は騒がしい警視庁内も、今はひっそりとしていた。その静かな庁舎《ちょうしゃ》内を一人で歩いていると、いつもは感じない物寂しさがあった。

一人で帰ることなどよくあることなのに、どうして今日だけこんなに切ない気持ちになるのか。そう思うのが嫌で、佐久良は急ぎ足で庁舎内を通り抜けた。

「お疲れさまです」

庁舎を出た佐久良を待ち構えていた若宮が出迎える。

「距離を置くと言ったはずだ」

佐久良は驚きを隠し、足を止めずにそう言い置いて立ち去ろうとした。

「公私の公では距離を置くよ？　俺はそういう意味に受け取ったから」

だから、仕事が終わった今ならプライベートで、もう近づいてもいいのだと、若宮が勝手な解釈《かいしゃく》をしている。

けれど、佐久良はふっと口元を緩めた。

「お前はちゃんとわかってるんだな」

「今日のはさすがにマズかったなって」

そう言って若宮は反省を顔に出した。若宮の申し訳なさそうな表情など滅多《めった》に見られるものではない。

あの場には佐久良たち三人だけでなく、森村や寺居もいたし、事件関係者が二人もいた。そんなところでの失態《しったい》は、若宮本人だけでなく、上司である佐久良の評価を落とすことにもなる。それに、佐久良を特別扱いすることによって、公にできない三人の秘密の関係に気づかれる恐れもあった。

若宮は自分自身ではなく、常に佐久良を優先する。佐久良の評価が下がることや、佐久良を傷つけることをした自分が許せないのだろう。だから、佐久良の言い分を素直に聞き入れたに違いない。

「頭ではわかってても体が勝手に反応するってこと、本当にあるんだと実感したなぁ。目に入ると見ちゃうんだから、物理的に見えないようにするってのは、正解かも。やっぱ、班長、頭いい」

あのときのことを思い出して、若宮がしみじみと呟く。若宮は既に客観視できるようになっていた。

そんな若宮を見ていれば、どうしても、佐久良の脳裏に望月が浮かんでしまう。

「お前は冷静だな」

「望月と比べられてもなぁ」

若宮はこの場にいない望月を馬鹿にするように鼻で笑う。

「あいつはまだまだ青い。若造《わかぞう》なんですよ」

「なんだ、それ」

若宮の大人ぶった意見に佐久良は噴《ふ》き出した。

若宮とて佐久良よりも年下で、充分に若い部類だ。それでも若宮はいつも望月を若造扱いする。そうすることで上に立とうとしているのだろう。

「班長が思ってる以上に、あいつは年下だってことを気にしてるんですよ。だから年齢《ねんれい》分をカバーできるくらい、頼れる男になろうとしてる」

「本人に聞いたのか？」

「俺の予想。でも、多分、当たってる」

自信たっぷりな若宮にそう言われて、佐久良はここ最近の望月を思い返してみた。寺居ではなく、本条や藤村に張り合っていたのは、佐久良が頼れる男の代表とも言える二人だからだったのかと、佐久良はようやく理解した。

「なのに追いつくどころかミスして、それを班長に怒られて、心境的《しんきょうてき》にどん底なんじゃないですかね」

若宮はまるで他人事《ひとごと》だ。佐久良より年下という点では、若宮も望月と同じ。だが、若宮はそこを全く気にしていないように見える。

「お前は平気なんだな？」

「年下ってこと？」

佐久良が頷いて返すと、若宮はニヤッと笑う。

「俺は年下でよかったと思ってるけど」

初めて聞かされる事実に、佐久良は意外さを隠せない。

「そうなのか？」

「だってさ、班長って、なんだかんだ言っても、年下に甘いから」

「そんなことはないと思うが……」

佐久良に自覚はなく、過去の行動を振り返ってみても、どこで若宮にそう思われたのか、わからない。

「頼られるの、好きでしょ？」

若宮が確信を持って問いかける。佐久良は咄嗟に言葉が返せなかった。違うとは言えなかったからだ。

頼られるのは、それだけ信頼されているからで、自信に繋がる。だから、無茶ぶりでも頼られると断れなかった。これまで意識したことはなかったが、頼られることが嬉しかったのかもしれない。

「年下だと、堂々と頼れるでしょ。班長もすんなりと受け入れるし」

「堂々とって……。わざと頼ってきてたのか？」

佐久良班に配属された当初から、若宮は何かと佐久良に話しかけてきていたし、『お願い』と言いながら頼られることも多々あった。

「懐に入りやすかったぁ」

しみじみとした口調で言われ、佐久良は苦笑いするしかない。まんまと若宮にしてやられたようなものだが、佐久良を手に入れるために策《さく》を弄《ろう》したのだと考えれば、喜んでしまう自分がいる。

若宮と並んで歩いているものの、地下鉄の駅に入れば、そこからは行き先が違う。本来なら別のホームなのに、若宮はずっと佐久良についてくる。

「どうして一緒に来るんだ？」

「そりゃ、明日が休みだから」

若宮は悪びれることなく、同じ電車に乗り込んできた。

セックスをするのは翌日が休みのときだけ。そんな約束を言葉に出さずに持ち出され、佐久良の体が熱くなる。それを隠すため、電車のドアに顔を向けた。


三十分後、佐久良は若宮とともにマンションの部屋に帰り着いた。

「先にお風呂かな」

若宮は佐久良が着ていたコートやジャケットを片付けてから、いそいそとバスルームへ向かう。おそらく佐久良のために風呂の準備をしてくれるのだろう。

それを待つ間、佐久良はリビングのソファに腰掛けた。佐久良の世話をするのが楽しいのだという若宮のために、普段は自分でしていることでも何もせずに待つだけだ。

若宮はほどなく佐久良の元に戻ってきた。

「湯が溜まるまでの間、熱いコーヒーでも飲んでようよ」

「今からか？」

佐久良は意外だと問いかける。

確かに、真冬の外を歩いてきて体は冷えている。だが、それは風呂に入ることで解消されるはずだし、さほど待たなくてもいい。

「眠気を覚まさないといけないからね」

そう言って若宮はニヤリと笑う。

「風呂に入った後だって、まだまだ寝かせるつもりないから」

付け足された言葉に佐久良の体温が跳《は》ね上がる。

もちろん佐久良もわかっていて、若宮を部屋に入れた。だが、言葉にされると、改めて思い知らされ羞恥《しゅうち》が募《つの》る。

若宮が慣れた様子で、キッチンでコーヒーの準備をしている。よくある日常の光景のはずなのに、さっきの台詞のせいで落ち着かない。それに、この場に望月がいないことも、佐久良に妙《みょう》な緊張感《きんちょうかん》を持たせていた。いつも三人だから、二人きりには慣れていないのだ。その落ち着かなさは、コーヒーを飲み終わり、風呂の湯が溜まったと知らせる電子音が鳴り響くまで続いた。

「じゃ、お風呂に行きましょう」

若宮が佐久良の腕を取って、ソファから立ち上がらせる。そして、何故か、そのまま風呂場まで着いてきた。

「風呂は一人で入ると言ってるだろう」

既に服を脱ぎ始めている若宮を、佐久良は慌てて止める。

「それは三人だと狭いからじゃなかったっけ？　今日は二人だよ？」

言い訳を先に封《ふう》じて、若宮が一歩、佐久良との距離を縮《ちぢ》めてくる。佐久良はその分、後ずさる。狭い脱衣所ではすぐに背中が壁に当たった。

追い詰められた佐久良の耳元に、若宮が顔を近付ける。

「全身余すところなく、中まで洗ってあげる」

淫靡《いんび》な誘《さそ》い文句が佐久良の理性を崩壊《ほうかい》させた。

若宮には幾度《いくど》となく中を暴《あば》かれている。知らなかった官能《かんのう》を引き出され、抗《あらが》えない快感を教えられた。そのせいで、言葉だけで奥が疼《うず》くようになってしまった。

佐久良の反応を見て、その気になっているのがわかったのだろう。若宮は手早く全裸《ぜんら》になると、喜々として佐久良を脱がしにかかる。佐久良はされるがまま、それを受け入れた。拒《こば》む理由が見つからなかった。

若宮も焦らすほど余裕がないのか、佐久良はあっという間に裸にされた。最後の一枚を脱ぎ落とすときも、拍子《ひょうし》抜けするほどあっさりしていた。

浴室に続く扉を若宮が開くと、籠《こ》もっていた蒸気《じょうき》が漏《も》れ出てくる。緊張のせいか、興奮《こうふん》のせいか、佐久良は全く寒さを感じていなかったのだが、暖かい蒸気が冷えた体に染み渡る。

「湯船に浸《つ》かりたいとこだけど、先に体を洗っちゃおう」

そう言って若宮は佐久良をシャワーの下に立たせた。

少し熱めのシャワーを佐久良に当てると、若宮はその背後に立った。

「あっ……」

ふわりとした感触に肌を撫でられ声が漏れる。視線を移すと、ボディーソープを纏った若宮の手が、佐久良の肌を移動していた。

スポンジでもタオルでもなく、自らの手を使っていて、最初から洗うつもりなどなかったのだとわかる。

若宮の手は首筋《くびすじ》をそろりと撫で、佐久良の肩を竦ませる。いつもよりボディーソープがある分、手の動きが滑《なめ》らかで、予想できる動きではないから、余計に感じてしまう。

「はぁ……んっ……」

指先に胸の尖《とが》りを擦られ、甘い息が零《こぼ》れた。

「ここは念入りに洗っておかないと、他の男の匂《にお》いがついてるかもだし」

「他の……男……？」

喋《しゃべ》っている間もずっと突起《とっき》を擦られ続け、佐久良は息を荒くしながらも問いかける。

「あいつがよく吸い付いてるじゃん」

若宮の言う『あいつ』が誰なのか、快感に流されつつある佐久良でもすぐにわかった。この場にいない望月の存在が急に大きくなる。

今、望月は何をしているのだろう。少し強く言い過ぎてしまったかもしれない。まだまだ成長途中の望月には、もっと励ますような、そんな言葉のほうがよかったのではないか。佐久良がそんなふうに望月を思い出しているのを若宮が感じ取る。

「余計なこと言った」

嫌そうな声の後、後ろから抱きしめられた。熱を持った屹立が尻に当たり、途端に現状を思い知らされる。

「せっかく二人きりだったのに……」

拗《す》ねたような若宮の呟きが耳元で聞こえる。

その年下らしい甘えた仕草《しぐさ》が、佐久良をドキリとさせる。確かに、佐久良は年下に甘いようだ。意識してみると、よくわかる。

腰に回った若宮の手を軽くポンポンと叩《たた》いてから、佐久良は首だけを回して振り返る。

「今はお前だけだ」

間近にあった若宮の顔を見つめながら囁く。

この年下の可愛い男を甘やかしたいと思った。この場にいない、もう一人の年下の男を甘やかせなかった分もだ。

若宮はその返事を態度で示した。近くにあった若宮の顔がもっと近づく。

唇が重ねられ、次の瞬間にはもう口中に舌が押し入ってきた。シャワーの音で紛《まぎ》れているが、吸い付く音や唾液の混じり合う音がするほどの熱烈《ねつれつ》なキスだった。

背中からでは口づけがしづらかったのか、すぐに佐久良は若宮と向き合うように体を反転させられた。

正面から抱き合い、再び激しいキスが始まった。今度は手の愛撫も添えられた。

背後に回った若宮の手が双丘を撫でていく。両手で揉まれている間は、まだキスを楽しんでいられた。だが、その手がやがて狭間《はざま》を伝い始めると、佐久良の意識の全てはそこに集中してしまう。

「まだキスしてたいんだけど？」

佐久良の気が逸《そ》れたことを、若宮が唇を離して抗議する。けれど、その声音には笑いが含まれていた。

「だったら、手を……っ……」

尻から手を離せと言いたかったのに、後孔を指の腹で撫でられ、言葉に詰まる。

「まだ中を洗ってなかった」

「いい……いらな……い……」

今更《いまさら》な佐久良の抵抗は、中に入ってきた濡れた指によって封じられる。言葉に詰まった佐久良の顔を若宮が覗き込む。

「ホントに、この指、いらない？」

若宮の問いかけに、僅《わず》かながらも理性が戻る。今日は若宮を甘やかすと決めたはずで、それなら若宮の望む答えを与えるべきだ。

「……いる」

決意したものの、恥ずかしすぎて消えそうなほど小さな声になったが、しっかりと若宮には届いた。

「じゃあ、もっとだ」

嬉《うれ》しそうな声とともに、さらに指が増やされた。

「ああっ……」

衝撃《しょうげき》に耐えるため、佐久良は無意識に若宮にしがみつく。

佐久良の後孔は若宮の指をギチギチに締め付ける。今の状況ではとても若宮自身を受け入れられない。狭くて硬いそこを解《ほぐ》すため、若宮がゆっくりと慎重《しんちょう》に指を動かし始めた。

「んっ……ふぅ……」

少しずつ押し広げるように中で指が動く。そのたびに息が漏れる。息の熱さは佐久良が感じている証《あかし》だ。若宮にも伝わっているから、指の動きが止まることはなかった。

二人の体の間に挟まれた中心は、どちらも硬く勃ち上がっている。佐久良に至っては、シャワーでごまかせているが、先走りも溢《あふ》れ出していた。

指がさらに増やされ、佐久良の後孔は三本の指を咥《くわ》え込む。それでも圧迫感はどこにもなかった。どうしてこんなことに感じてしまうのか、自分でも不思議《ふしぎ》なくらい、そこから快感が広がっていた。

「はぁ……っ……」

前立腺《ぜんりつせん》を擦り上げられ、堪《たま》らず嬌声《きょうせい》を上げてしまう。

若宮はニヤリと笑い、わざとそこばかり狙って佐久良を追い詰める。もう佐久良は達する寸前だった。

「えっ……？」

不意に指を引き抜かれ、喪失感《そうしつかん》に声が出る。

「体が冷えるね。お湯に浸かろうか」

若宮は佐久良の腰を抱えたまま、バスタブに足を向ける。引っ張られた佐久良もよたつきながらもバスタブに近づいた。

若宮は本当にこのまま風呂に入るのだろうか。若宮も佐久良ほどではなくても、屹立《きつりつ》は辛《つら》そうだ。それなのに、どうしてやめてしまうのかと、佐久良は若宮を見つめる。

視線に気づいていないのか、若宮はそのまま湯船に入ると、湯の中で足を伸ばして座る。それから、ようやく顔を上げて佐久良に視線を向けた。

「来て」

そう言って若宮は手を伸ばす。

いつもなら若宮は佐久良に行動させないし、そもそもバスタブにも一緒に入ったはずだ。こうして自ら行動を促してくるのは、佐久良が甘やかしたいと思っていることに気づいているのだろう。だから、叶《かな》えてもらうために『お願い』をしているに違いない。

バスタブに入るためには、その縁《ふち》を跨《また》がなければならない。この完全に勃起した状態で足を上げるのは恥ずかしい。しかも位置的にちょうど若宮の目の高さが股間《こかん》になる。佐久良は考えた末、若宮に背を向けて、バスタブに入った。

「これはこれでいい眺《なが》め」

背後から聞こえる若宮の声に、佐久良は今、自分がどうなっているのかを想像させられた。前は隠しても、双丘は若宮の目の前だ。

「でも今はこっちを向いて欲しいかな」

若宮の『お願い』は、今は抗うことのできない命令だ。佐久良は立ったまま、ゆっくりと振り返った。

「……っ……」

羞恥で佐久良は息を呑む。わかってはいたが、佐久良の股間が若宮の目の前になる。しかも、若宮は猛《たけ》るそこを凝視《ぎょうし》している。

「先にイったほうがよさそうだ」

若宮は佐久良の屹立に顔を近付けてくる。口で愛撫しようというのだろう。佐久良は肩に手を置いて押しとどめる。

「すぐにイってもいいから……」

だから早く欲しいと言葉に出さずに訴える。そんな佐久良を若宮がまじまじと見つめ、それからニッと笑った。

「そんなに甘やかされると調子に乗るよ?」

「乗っていい……。今日だけは」

「今日だけかぁ」

残念そうに呟いた後、若宮は佐久良の両手首を摑んだ。

「ここに座って」

若宮がここと視線で示したのは、若宮の膝《ひざ》よりさらに上、股間だ。このまま熱い昂《たかぶ》りの上に腰を落とせというのだろう。

自ら咥え込むのは、かなりの羞恥がある。しかも、理性が残った状態で見ると、とても入るとは思えない大きさだ。これが佐久良を狂《くる》わす凶器《きょうき》になる……。佐久良はゴクリと喉《のど》を鳴らした。

「早く」

若宮に急かされ、佐久良は覚悟を決めて、それでも瞳《ひとみ》を伏《ふ》せる。若宮と視線を合わせるのが恥ずかしかった。

若宮の足を跨いで、バスタブの底に膝をつく。佐久良がしたのはそこまでだ。その先を躊躇《ためら》っているうちに、焦れた若宮が動いた。

「ああっ……」

腰を掴まれ、いきなり屹立の上に体を落とされた。体の奥深くまで一気に呑み込まされ、佐久良は悲鳴を上げる。

「やばっ」

若宮が焦った声を上げて、佐久良を抱きしめる。

「うっかりイきそうだった。晃紀の中がよすぎるから」

「イって……よかったのに……」

佐久良は呼吸を整えながら若宮に返す。中の存在感が大きすぎて、今は快感よりも圧迫感が強い。だから、話をする余裕があった。圧迫感は我慢《がまん》できるが、快感は理性を奪《うば》う。感じすぎておかしくなったときには、自分が何を言っているのか、言ったのか、記憶さえ怪《あや》しくなるのだ。

「それは男としてのプライドが許さないかな」

「俺のことはすぐにイかそうとするくせにか?」

「それも男のプライド。テクニックがないみたいじゃん」

どんな理屈《りくつ》だと、佐久良は小さく笑う。

抱き合っているのに、こんなに余裕があるのは初めてだ。中に若宮がいるものの、全く動こうとしないからだ。

「やっぱいいいね、この体位」

正面から抱き合う、このスタイルを若宮は好んでいる。今日は望月がいないから、自分の好きな体勢で抱き合えて嬉しいのか、ずっと笑顔だ。

若宮は笑みを浮かべたまま、軽く腰を突き上げた。

「あっ……」

激しい快感ではなかったが、不意の刺激に佐久良は体を震わせる。

「ほら、距離が近いから、反応も見逃さないで済む」

その言葉の後、佐久良の反応を見るためにか、腰を小刻《こきざ》みに動かし始めた。

「は……あぁ……あっ……」

肉壁を擦られる感触に声は上がるが、動きが小さくてもどかしい。もうずっと限界だったのだ。もっと強い刺激が欲しくて、佐久良は自ら腰を上げた。

そんな佐久良の行動は、当然、若宮もわかっている。だから、佐久良が腰を落とそうとするのに合わせて、腰を浮かし、下から突き上げた。

「ああ……っ……」

上からと下からと同時に動いたせいで、衝撃は二倍になった。佐久良の屹立は勢いよく、湯の中に迸《ほとばし》りを解き放つ。

そして、若宮もまた無理な体勢で動いたせいで、佐久良の中で果てていた。二人はそのまま抱き合って体を落ち着かせる。

「風呂場だと洗いやすくていいね」

どこをとは言わずとも、佐久良にはわかる。まだ中に若宮がいるからだ。若宮が放ったものは、佐久良の中に留まっていた。

「だから、何回だって出していいんだよ？」

まるで佐久良の自由にしていいと言っているようだが、実際は若宮が佐久良を何度もイかせるつもりなのだろう。

甘やかすと決めた以上、拒《こば》むつもりはないが、若宮との年齢差の分だけ、佐久良は体力が心配だった。

4

捜査一課《そうさいっか》の刑事《けいじ》たちが暇《ひま》を持て余すことなどない。佐久良班《さくらはん》は先日、殺人事件《さつじんじけん》の捜査《そうさ》が終わったばかりだが、既《すで》に他の捜査の応援《おうえん》に駆《か》り出されていた。

とはいっても、佐久良自身は一課に留《とど》まっていて、駆り出されたのは班員たちだ。その分、佐久良は自分のデスクで、佐久良だけでなく班員たちの溜《た》めていた書類を処理《しょり》する作業に追われていた。

「お疲れさまでーす」

一課に似つかわしくない、明るい声に顔を上げると、吉見《よしみ》が佐久良に向かってまっすぐ向かってきていた。その後ろには本条《ほんじょう》もいる。

「まだ誰も戻ってきてないようだな」

本条が一課内を見回して言った。誰も、とは佐久良班の刑事たちのことで、一課が無人のわけではない。

「ええ。頑張ってるようです」

佐久良は僅《わず》かに微笑《ほほえ》んで答えた。

佐久良班が応援に駆り出された捜査は、本条たちが受け持っている事件だ。一課が捜査に加わる前に、所轄《しょかつ》が初動捜査でしくじり、その結果、捜査が難航《なんこう》していた。

「望月《もちづき》さん、すっごく怖い顔をしてましたよ」

吉見がまっすぐ佐久良に向かってきた理由がわかった。これが言いたかったのだ。

「怖い顔？」

「こんな感じに……眉間《みけん》に渓谷《けいこく》作ってました」

吉見がそれを再現しようと眉間に皺《しわ》を寄せる。普段、吉見がしない顔だから、険《けわ》しさが上手く表現できていないが、言いたいことはわかった。

「それだけ真剣《しんけん》に取り組んでるってことでしょう」

佐久良は吉見ではなく、本条に向けて言い訳するように言った。

叱責《しっせき》したあの夜以降、望月の和《やわ》らいだ表情を見ていないが、そのせいでずっと不機嫌《ふきげん》なのだと、二人には言えない。

「まあ、やる気にはなってたようだな」

本条がそう言ってくれるのだから、やる気に見えるほどに励《はげ》んでいるのだろう。それが負けん気なのか、ストレスの発散《はっさん》なのかはわからないが、捜査に打ち込む方向に向かったのはよかった。

「他はどうです？」

佐久良は名前の出なかった他の刑事たちを心配して尋ねる。

「みんな、頑張ってくれてるよ」

本条が安心させるように言ってくれたが、続いた吉見がそれをぶち壊《こわ》す。

「森村《もりむら》さんがかわいそうでした」

眉根《まゆね》を下げ、吉見が気《き》の毒《どく》そうな表情を見せた。

佐久良がここに残っているということは、森村は寺居《てらい》と二人でいるということだ。森村の負担が大きくなるから、コンビを変えることも考えたのだが、結局、誰と組ませても問題がありそうで、数日のことだからとそのままにしてしまった。

「寺居が原因ですか？」

佐久良の問いかけに、吉見が本条の顔を見て頷《うなず》く。

本条が反論しないということは、最初から吉見と同意見で、それを佐久良に報告すべきだと判断したから、ここにやって来たのだろう。

「頑張ってはいるんだ」

「でも、空回《からまわ》ってます」

吉見が神妙《しんみょう》な顔で言った。もし、ここに藤村《ふじむら》がいれば、お前が言うなと突っ込むのだろうが、生憎《あいにく》と突っ込み不在のため、話はそのまま続けられた。

「そのフォローをしている森村が気の毒でな」

本条が同情する森村も、まだまだ若く、寺居よりも年下だ。それなのにフォローに回っているのだから、本条が見かねるのも無理はない。

「一課の刑事になったことで気負ってるんですかね」

先輩風《せんぱいかぜ》を吹《ふ》かせる吉見に、隣《となり》で本条が苦笑いしている。吉見の場合、張り切りすぎて空回ることはあっても、気負うことはなさそうだ。

「迷惑《めいわく》になるようでしたら引き上げますが……」

「まだ大丈夫だ。そこまで出張るチャンスもなさそうだしな」

佐久良の申し出を本条は鷹揚《おうよう》な態度で断った。

実際、佐久良班の応援は、ローラー作戦をするための人員補充だ。目立つチャンスはない。寺居も派手《はで》に動き回ることはできないだろう。だから、森村には申し訳ないが、もうしばらくはこのまま頑張ってもらうしかない。

本当は若宮《わかみや》のことも聞きたかった。望月の様子は聞くことができたが、自分から特定の刑事だけの様子を尋ねることには躊躇《ためら》いがあった。問題がないからこそ、名前が出てこないのだと自分を安心させるしかない。それに、望月も表情が険しいだけだし、二人は佐久良さえ視界に入らなければ、刑事として問題なく振《ふ》る舞《ま》えるはずだ。

「そうだな。後は、張り切りすぎてへましないことを祈《いの》っておけ」

本条の言葉に、ありがちな話で佐久良は苦笑する。

捜査一課に着任したばかりの刑事にはよくあることで、とにかく一日でも早く結果を出そうとするのだ。寺居の場合、先日、誰よりも早く襲撃者《しゅうげきしゃ》を押さえ込んだことで、自信を持ってしっているだろう。

まった。しかも、同期の佐久良が上司だ。佐久良よりできると思われたいという意識が強くな

「切実に祈ります」

真面目《まじめ》な顔で答えた佐久良に、本条と吉見は笑いながら去って行った。

それからしばらく佐久良は一人で書類整理をして過ごした。佐久良班の刑事たちが戻ってきたのは、午後七時を過ぎてからだった。

「みんな、お疲れ」

佐久良は席を立ち、刑事たちを労《ねぎら》い出迎《でむか》える。

「残念ながら、収穫《しゅうかく》なしです」

佐久良班、最年長の立川《たちかわ》が代表して報告する。捜査結果は先に本条たちに届けられているが、立川は佐久良にも現状《げんじょう》を伝えてくれた。

「本隊《ほんたい》もなかったみたいですね」

立川は声を潜《ひそ》めて付け加えた。捜査に進展がないことで、捜査本部はピリピリしている。いつもと変わらない本条と吉見が異例なのだ。収穫なしはわかっていても、聞きたくない言葉だから、二人はこそこそと会話を交わす。

「そもそも、なんで俺たちが所轄と同じ捜査なんですか?」

不服《ふふく》そうに尋ねてきたのは寺居だ。

「そりゃ、俺たちが応援だからだろ。手が足りないところに回されるのは当然のことだ」

佐久良が答えるより早く、立川が厳《きび》しい口調で寺居を諭《さと》す。佐久良班のご意見番的な立川も寺居には思うところがあるのかもしれない。

「けど、捜査一課が所轄と同じ捜査をしなくても、本隊とは別の角度から事件の核心《かくしん》に迫《せま》る捜査をすればいいんじゃないですかね」

「たとえば？」

寺居に問いかけたのは、望月だった。無表情で寺居の前に立った望月は、言葉に詰《つ》まっている寺居に、さらに言い募《つの》る。

「そんな切り口がわかってるなら、一課長にでも進言すればいいだけです」

正論を言われ、寺居が悔《くや》しそうに唇《くちびる》を噛《か》みしめている。寺居はそんな捜査がしたいと言っただけで、具体的な案があるわけではない。お膳立《ぜんだ》てされた捜査をしたいなどと思っているのなら、望月に冷たい目で見られても仕方ないだろう。

望月と寺居が火花を散らし、その周囲にいる立川や森村は困惑《こんわく》した顔をしている。揉《も》めだした二人をどうすべきか考えあぐねているようだ。

佐久良はパンと両手を叩《たた》いて音を出す。全員の注目が佐久良に集まった。

「もうそれくらいでいいだろう」

止まった場の空気を動かすために、佐久良が割って入る。

「また明日も朝から応援だ。朝一番に捜査会議だから、早く帰って体を休めてくれ」

佐久良は全員に向けて言った。捜査会議のことは、さっき伝えられた。今日の捜査がまだ終わっていない刑事たちもいるらしく、それなら全員が戻ったところで会議をすることになったのだ。

佐久良の言葉をきっかけに、それぞれが帰宅の準備を始める中、寺居だけが佐久良に近づいてきた。

「佐久良、メシ食いにいかないか？」

さっき佐久良が帰宅を促したから、もう上司ではなく同期でいいということなのだろうか。寺居がフランクな態度で誘《さそ》ってきた。

「応援捜査で溜まった愚痴《ぐち》を聞いてくれよ」

「愚痴が溜まるほど、まだ捜査に参加してないだろう」

佐久良は呆れて指摘《してき》する。

「よその捜査はストレスが溜まるんだよ」

「それはわかるが、悪い。今日はこれから実家に行かないといけないんだ」

「ああ、あの実家か」

寺居が渋《しぶ》い顔をして、それなら仕方がないと佐久良の前から立ち去った。

佐久良の実家が老舗《しにせ》の有名和菓子店だというのは、捜査一課なら皆が知っていることだが、警察《けいさつ》学校時代は知られた話ではなかった。寺居がいつ知ったのかは知らないが、実家というキーワードは寺居にも通じたようだ。

実家に行くというのは、咄嗟《とっさ》に吐《つ》いた嘘《うそ》だった。断りたい誘いに実家を持ち出せば、大抵、皆、引き下がってくれる。どんな用があるのかさえ、聞かれることもなかった。

佐久良はデスクの上の書類を片付け、帰り支度を始める。実家に行くと言ってしまったから、帰らないわけにはいかなかった。

「班長、途中まで一緒に帰りましょう」

佐久良が席を離れるタイミングで、若宮が近寄ってきた。断る理由のない誘い方はスマートだ。さっきの寺居とのやりとりを見ていたのだろう。

一課を出て、外に向かうため、若宮と並んで歩く。誰が見ても上司と部下の距離感で、若宮は隣にいる。距離を置こうと言ったことをちゃんと守っているのか、今までより敬語の割合が多い。

「実家って嘘ですよね？」

まだ警視庁内だから、若宮が声のボリュームを落として尋ねる。

「ああ。あいつの愚痴は聞きたくなかったからな」

佐久良は顔を顰《しか》めて答えた。

そもそも佐久良は愚痴が好きでなかった。自分で言うのはもちろんだが、人が言っているのも聞きたくない。愚痴を零《こぼ》すことでストレスを発散するタイプの人間もいるのだろうが、それに付き合わされるのは堪《たま》ったものではない。

「意外でした」

「そうか?」

佐久良としては当然の対応だったと思っている。親しくもなかった同期のために、時間を使いたくない。しかも、絶対に楽しくないであろう予感しかないのだ。

今は部下とはいえ、同期で同い年。仕事場でならまだしも、それ以外で佐久良が面倒を見る必要はないだろう。

話している間も足は動いていて、二人はすぐに庁舎《ちょうしゃ》を出ることになった。庁舎を離れると、佐久良の肩から自然と力が抜ける。警視庁内にいるときは身が引きしまる思いがして、常に緊《きん》張感《ちょうかん》があった。

「望月はどうした?」

隣に若宮しかいないことに、佐久良は疑問を投げかける。

「速攻で帰ったよ。あいつなりに距離を置いてんじゃないのかな」

佐久良は解散を告げた後のことを思い返す。皆が一斉《いっせい》に帰り支度をしていたのは確認しているが、そこに望月がいたかどうかの記憶はなかった。おそらく、寺居とのやりとりの間に、いなくなっていたのだろう。

「お前はここにいるのにな」

佐久良の軽い皮肉《ひにく》に、若宮は顔を顰める。

「俺だって、ここんとこ、マンションまでは行ってないよ」

とても我慢《がまん》しているのだとでも言いたげな若宮の態度に、佐久良は呆《あき》れて笑う。

「それは、捜査中には部屋に上げないと決めてるからだろう」

「そうだっけ?」

部屋に上げてもらえないから、駅で別れているくせに、若宮が素知《そし》らぬ顔で惚《とぼ》ける。これくらいの図太さが望月には必要なのかもしれない。

「それで、お前はどうなんだ?」

「どうって?」

「ストレスはないのか?」

佐久良の質問がよほど意外だったのか、若宮が無言で佐久良を見つめる。自然と、二人とも足が止まっていた。

帰宅を急ぐ通行人が、二人を邪魔《じゃま》そうに避《さ》けていく。時間の流れが、二人だけ周囲とは違っていた。

見つめ合っていた時間は一瞬だ。若宮がすぐに笑顔に変わる。

「俺がストレスいっぱいで愚痴りたいって言ったら、聞いてくれるんだ」

さっきの寺居とのやりとりを若宮は最初から見ていたようだ。寺居の愚痴は聞かなかったのにと、言葉にはせずとも伝わってくる。

「お前ならな」

愚痴は嫌いでも、若宮の泣き言なら聞いてやりたいと思う。むしろ、佐久良以外の誰かには聞かせたくない。

「まだ甘やかしモードが続いてる？」

「……そういうんじゃない。仕事の話だ」

バスルームでのことを言われ、顔が熱くなる。赤くなっていないかと、それを隠《かく》すために佐久良は早足で歩き出す。

「捜査でストレスはないかなぁ。そういうもんだと思ってるし」

同じように早足になって、若宮が隣からさっきの質問に答えた。

「ただ捜査が長引くと班長との時間がなくなるから、それはストレス」

若宮はいつもと変わらない軽口が、佐久良に安心感を与えた。

変わろうとする望月と変わらない若宮。どちらがいいかではない。若宮に安心するのは、変わろうとしている望月に、何もしてやれないもどかしさがあるせいだ。

「そのストレスはお前の頑張り次第で解消されるものだろう？　だから、頑張れ」

そう言って若宮の背中をポンと叩く。

「班長はホントに俺の扱《あつか》いが上手いなぁ」

楽しげに若宮が笑っている。

駅までの道のり、気持ちが沈《しず》まずに済んだのは、陽気《ようき》な若宮のおかげだった。

地下鉄の構内に入り、ホームまで若宮はついてきた。けれど、そこからは電車に乗り込む佐久良を見送るだけだ。捜査中は佐久良の部屋には行かない。それが三人で決めた距離の取り方だからだ。

「お疲れさまでした」

ホームで若宮が小さく手を振る。それを見ながら、佐久良は一人で電車に乗り込んだ。

物寂《ものさみ》しさを感じながら、自宅マンションの最寄り駅まで電車に揺られる。一人だと無駄《むだ》に考えに耽《ふけ》ってしまう。電車を降りてからも、慣れた道だから、考え事をしながらでも歩くのに支《し》障《しょう》はない。だから、気づくのが遅れた。

視線を感じたのは、マンションの正面入り口の前に立ったときだった。

視線に振り返ると、通りを挟《はさ》んだ向かい側の歩道に望月が見えた。

かろうじてお互いの顔が確認できるだけの距離に望月がいる。

望月は佐久良を見つけても、その場から動こうとしない。ただそこから佐久良を見つめるだけだ。

佐久良も動けなかった。距離を置こうと言った佐久良の言葉を望月が守ろうとしているのなら、佐久良もその気持ちに応えたい。

どれくらい見つめ合っていただろうか。二人の間にある車道を、大型トラックが通り過ぎた。望月の視線が途切《とぎ》れる。この隙《すき》に佐久良は急いでマンションの中に入った。車が通り過ぎた後、望月がいなくなっているかもしれない。それを確かめるのが辛《つら》かった。

5

スマホの着信音が鳴り響《ひび》いた瞬間、何故《なぜ》だか、佐久良は嫌な予感がした。

『寺居さんがいなくなりました。連絡も取れません』

通話ボタンを押してすぐに聞こえてきたのは、森村の泣きそうな声だった。

聞けば、聞き込みに行った先で、寺居を待たせ、車を駐車場《ちゅうしゃじょう》から出している間に姿が見えなくなったのだという。それから電話をかけても、電源が切られているとアナウンスが流れるだけらしい。

「わかった。すぐそっちに行く」

佐久良はそう答えて通話を終えた。

今日も朝から佐久良は一課の自分のデスクにいた。応援捜査も三日目、今のこの瞬間まで、問題は起きていなかったから、安心していた矢先《やさき》だ。

佐久良はコートを手に取り、庁舎の外まで早足で向かう。そして、外に出てすぐにタクシーを捕まえた。森村が車を出しているから、佐久良まで車に乗っていくと邪魔《じゃま》になる。

森村と合流できたのは三十分後だ。森村は電話で言ったとおりの場所で、おとなしく佐久良を待っていた。

「消える前に、何か変わったことはなかったか?」

佐久良はさらに詳しく状況を尋ねた。

「そこのマンションで、各部屋を手分けして聞き込みをしてたんです」

森村は佐久良に答え、説明を始める。

過去の経験を踏《ふ》まえ、寺居には単独行動はさせないよう、森村には言い聞かせておいた。だが、刑事としては先輩の寺居に、同じマンション内なら手分けしたほうが早いと言われ、それならと従ったのだという。離れた場所ではないから大丈夫だと森村も思ったのだろう。

「そこで何か摑《つか》んだか……」

佐久良は寺居の行動を予想しようと眉間に皺を寄せ、考えに耽る。そんな佐久良を見て、森村が何か思い出したように声を上げた。

「あ、電話、スマホで誰かと話してました」

「いなくなったのは、その後なんだな？」

「はい。その後すぐではなかったんですけど……」

だから、森村も油断したのかもしれない。推測《すいそく》するなら、寺居は聞き込み中に何かを摑み、その確認に電話をしたか、もしくは、聞き込みは関係なく、電話でたれ込みがあって、確認に向かったかの、どちらかだろう。

森村と合流するまでの間、佐久良もタクシーの中から寺居に何度も電話をかけていた。メールも送ってみた。だが、森村と同様、電源が入っていないか電波の届かないところにあるとアナウンスされるだけで、メールの返事もなかった。

「とりあえず、寺居が聞き込みをした部屋を二人で回ってみよう。もしかしたら、そこで何か情報を得たのかもしれない」

佐久良の言葉に森村が頷《うなず》く。

二度手間になるかもしれないし、それで捜査の時間が削《けず》られるかもしれない。だが、万《まん》が一《いち》にでも、寺居が何か有力な情報を摑んだ可能性があるなら、調べる必要がある。

それから二人で順番にマンションの部屋を回っていったが、何も目新しい情報は得られなかった。住人が隠している様子もない。それなら、寺居を動かした原因は、話していたという電話にあるはずだ。

佐久良はひとまず、森村と共に車に乗り込んだ。

「寺居が情報屋を持ってるかもしれない。誰か知らないか聞いてみる」

「それなら、俺は他のみんなに寺居さんが行きそうなところを知らないか聞いてみます」

佐久良と森村はそれぞれ別れて電話をかけることにした。

佐久良はまず本条に電話をかけた。本条なら何でも知っていると思いがちだが、実際、本条は本当にいろんな情報を持っている。

本条も捜査中で電話に出られない可能性は高かったが、メールよりも緊急性《きんきゅうせい》の高さが伝わる電話にした。

『おう、お疲れ』

手が空《あ》いていたのか、本条はすぐに応対に出てくれた。その声に捜査疲れは感じさせない。いつもの本条だった。

佐久良は挨拶もそこそこに本題を切り出した。寺居がいなくなったこと、電話で何か情報を掴んだらしいことを伝える。

『なるほど。情報屋か』

本条はすぐに佐久良の言いたいことを理解してくれた。寺居に情報屋がいてもおかしくないと思っているのだろう。

「すみません。お忙《いそが》しいのに……」

『いや、早く対処《たいしょ》したほうがいいな』

本条は寺居の暴走《ぼうそう》を危惧《きぐ》しているのか、それとも危険な目に遭《あ》わないか心配しているのか。その声には緊迫感《きんぱくかん》があった。

『情報屋は藤村のほうが詳しい。聞いてみるからちょっと待っててくれ。折り返し、こっちからかける』

本条が電話を切ってからも、佐久良は手を休めることはない。次に電話をかけたのは、寺居が一課に来る前にいた所轄だ。そこでどんな付き合いをしていたのかは知らないが、少なくとも、佐久良よりは寺居について詳しいはずだ。

そうやって心当たりを当たっている間にも、寺居からは連絡もない。かけまくった電話もめぼしい情報はなかった。

結局、十分後に本条から得られた情報が、唯一《ゆいいつ》の寺居へ繋《つな》がる道筋《みちすじ》だった。

『わかったぞ』

本条は折り返しかけてきた電話で、開口一番そう言ってから、詳細を話し始めた。

やはり藤村が知っていたようだ。寺居の元所轄の管轄内《かんかつない》なら、こいつらだろうと数人をリストアップして、そこから目星をつけ、忙しい中、藤村本人が連絡を取って話を聞いた結果、寺居に情報を売るため、電話をかけたという男が見つかったらしい。もっとも、その情報が事件の容疑者《ようぎしゃ》に繋がるかどうかは定かではない。

「よく教えてくれましたね」

佐久良は情報屋から話を聞き出した藤村の手腕に感心する。

こんな短い時間なら、藤村も直接、情報屋に会ってはいないだろう。電話だけで情報屋から簡単に聞き出せたのが不思議《ふしぎ》だった。

『あいつはいろんな奴のいろんな弱みを握《にぎ》ってるからな』

苦笑いの本条の声に、藤村が正当な手段で話を聞き出していないだろうことは、容易《ようい》に窺《うかが》い知れた。

『情報の礼は数量限定の生《なま》どら焼きがいいそうだ』

本条が藤村の伝言を伝える。

冗談《じょうだん》ぽく聞こえるが、藤村は本気だ。これまでも何度か催促《さいそく》をされたことがある。藤村が甘《あま》党《とう》で、実家の和菓子を気に入ってくれているのは間違いない。

「わかりました。なんとか用意します」

佐久良の実家が営む和菓子屋は、ありがたいことに客足が途絶《とだ》えない人気店だ。だから、実家とはいえ、数量限定の先着で売り出しているものを横入りして融通《ゆうずう》してもらうのは気が引ける。だが、今はそんなことは言っていられない。

本条に礼を言って電話を切り、森村とともに寺居がいるであろう場所を目指して、車を走らせる。

情報屋が摑んだのは、被害者《ひがいしゃ》の元飲み仲間の男だ。ここ数年は交流がなかったというから、これまで捜査線上には浮かんでいなかったのも理解できる。問題はその男が半グレだということだった。被害者は鉄パイプで殴《なぐ》り殺されていて、その荒《あら》っぽい犯行《はんこう》に情報屋は半グレと結びつけ、寺居に電話をかけた。

情報屋は仕入れたネタとして、半グレと付き合いがあったことだけを寺居に教えた。その情報を寺居がどう使うかは情報屋には関係のないことだ。

「どうして、寺居さんは黙《だま》っていなくなったんでしょうか」

佐久良から情報屋の話を聞いた森村が、運転しながら不思議そうに言った。

「全く未確定の情報だからな。事件に関係があるかどうか、確かめてから俺たちに言うつもりだったのかもしれない」

考え得る予想の中で、佐久良はあえて可能性の低そうなものを選んで口に出した。

おそらく、ほぼ間違いなく、手柄《てがら》を立てたかったからだろう。これまでの寺居の言動から、そうとしか考えられなかった。だが、森村にそれを伝えても、寺居の評価《ひょうか》を落とすだけで、捜査の助けにはならない。だから、言わなかった。

一時間近く車を走らせ、到着したのは繁華街《はんかがい》から少し離れた雑居ビルの前だ。ここに教えられた半グレの男がいるらしい。

車は少し離れた場所に停《と》めた。相手は半グレだ。しかも、調べたところ、実情はほぼ暴力団のようなものだった。まずは寺居がいるかどうかの確認だけをすることとして、最大限に警戒《けいかい》しながらビルに近づいていく。

「……な……け………」

どこかから微《かす》かに声が聞こえてきた。佐久良と森村は足を止め、耳を澄《す》ます。

目の前のビルと隣のビルの間に、人が通れるほどの隙間《すきま》があり、その奥から声だけでなく、物がぶつかるような音がしている。

「逃げ道を塞《ふさ》がれないよう、お前はここを見張っていろ。応援も頼む」

「わかりました」

二人は小声で会話を交わす。

聞けば聞くほど、この物音は殴り合うような音にしか聞こえなかった。微かに聞こえる声は寺居のものではなかったが、それがむしろ声も出せない状況ではないのかと、危機感を覚えさせた。

この狭い隙間では、挟まれてしまっては身動きが取れない。奥で行われていることが、佐久良の予想と合っているかどうかはわからないが、警察の出番ではありそうだ。そうなると、佐久良と森村では、圧倒的に佐久良のほうが武道に長《た》けている。佐久良が現場を確認しに行く、この配置がベストだ。

隙間を進んだ先は空き地だった。周囲をビルに囲まれ、ぽっかりとそこだけ平地になっていた。元々あった建物が取り壊され、そのままになっているようだった。

そして、寺居はそこにいた。五人の男に囲まれ、地面に倒れている。

腕に自信のある佐久良でも、さすがに相手が五人では厳《きび》しい。だが、倒れて動かない寺居が心配だ。すぐに様子を知りたかった。

佐久良が思考を巡《めぐ》らせたのは一瞬だ。森村が応援を呼んでいる。それが到着するまでの時間稼《かせ》ぎができればいい。今はこれ以上の暴力を寺居が受けないようにしたかった。

佐久良はわざと音を立て、男たちの注目を集めた。

「誰だっ」

呼びかけには答えず、佐久良は踵《きびす》を返す。この場で寺居を気にしつつ争いになるのは分が悪い。それなら、表まで出て、森村と共に迎《むか》え撃《う》てば、もっと時間が稼げる。

「待てや、こらっ」

ドスの効《き》いた声が追いかけてくる。追いつかれることはなかったが、佐久良がビルの正面で足を止めた。

「森村、応援が来るまで頑張れ」

佐久良の言葉で、その背後の追っ手に気づき、森村は顔を顰める。

「うわ、最悪だ。寺居さんには絶対に何か奢《おご》ってもらいます」

緊迫感のある中でも森村は自分を奮《ふる》い立たせるように言って、迎え撃つ構えを取った。

さっきいたのは五人だが、外まで追いかけてきたのは四人だ。一人だけ寺居を見張るためにか、追っては来なかった。

二対四なら、まだなんとかなりそうだ。佐久良は気合いを入れ直す。

最初に佐久良を追ってきた男が、いきなり殴りかかってきた。佐久良は躊躇《ちゅうちょ》なく男の腹に一発、全力で拳《こぶし》を入れた。

「ぐっ……」

男は唸《うな》り声を上げて、その場に座り込んだ。相手の数が多いのに、手加減《てかげん》などしていられない。佐久良はそのまま次の男を目標に定める。

「なめてんじゃねえぞ」

仲間がやられたことで頭に血が上ったのだろう。別の男が佐久良に向かってくる。しかも二人が同時に来た。チラリと横を見ると、森村がまた違う男とやりあっている。押されてはいないが、互角《ごかく》だ。その分、佐久良は二人を相手にしなければならない。

佐久良は相手の攻撃《こうげき》を受けないよう躱《かわ》すのが精一杯《せいいっぱい》だ。二人とも腕に自信があるのだろう。迂闊《うかつ》に攻撃を繰り出せば、その隙に別の男にやられてしまう。

防戦一方の佐久良が徐々に壁《かべ》に追い詰められていく。そのときだった。

「班長っ」

叫《さけ》ぶ声が佐久良の耳に届いた。男たちの動きも止まる。

佐久良を呼ぶ声は一つではなく、二つ重なっていた。若宮と望月だ。

どれだけ近くにいたのか知らないが、それでも到着には早すぎる。おまけに、二人は今コンビを組んでいないのにもかかわらず、同じタクシーで乗り付けた。

若宮と望月は佐久良の元に駆け寄るなり、それぞれ男を引き離し、佐久良の代わりに立ち向かった。

佐久良はそれならと、さっき倒した男に近づき、手錠《てじょう》で拘束《こうそく》する。森村もまた、相手をしていた男の拘束に成功したようだ。

「ここは三人に任せた」

この場はもう大丈夫だと判断し、佐久良は寺居の救出に向かう。寺居のそばには、男が一人残っているはずだが、一対一なら負ける可能性は低い。それに、どうせすぐに若宮か望月が追いかけてくるだろう。

狭い隙間に入り込むと、正面から男が向かってきていた。表の騒ぎに気づき、様子を見ようとしたようだ。

男がこちらに向かってくる前に走り出し、その勢いのまま、男を後ろに蹴《け》り飛ばした。そして、男を乗り越え、寺居に駆け寄る。

「大丈夫か?」

寺居のそばに膝をつき、顔を覗《のぞ》き込む。

寺居の顔には明らかに殴られた痕《あと》が残っている。唇の端《はし》も切れて血が滲《にじ》んでいた。その唇が微かに動いた。

「う……あ……」

言葉にはならない呻《うめ》き声に、目も開けようとしているのか、ビクビクと動いてはいるものの、瞼《まぶた》は持ち上がらなかった。

佐久良たちが来るまでの間に、相当ひどく殴られたのだろう。スーツもボロボロだから、きっと見えない場所も傷だらけに違いない。かろうじて意識はあるが、受け答えができるほどではない。

「班長、寺居さんはどうですか？」

向こうが片付いたのか、森村が隙間から顔を出し問いかけてくる。

「手を貸してくれ。車まで運ぶ」

そう言ってから、森村の足下にまだもう一人倒れているのに気づく。

「そいつはコレを使って拘束だ」

佐久良は寺居の体を探り、携帯していた手錠を取って、森村に投げ渡す。

森村は男の両手を手錠で拘束しながら、

「あっちは若宮さんたちが見張りつつ応援待ちしてくれてます」

佐久良に状況を説明した。

「そうか。寺居は話を聞ける状態じゃないから、全員、傷害《しょうがい》の現行犯で引っ張ろう」

佐久良はそう言ってから、森村が近づいてくるのを待って、寺居の両脇《りょうわき》の下に体を入れ、二人で引き上げる。そして、意識はあるが歩けない寺居を引きずるようにして移動する。

この体勢での移動は、狭い隙間に苦労したが、どうにか車の後部座席に寝かせることができた。

「森村、頼んだぞ」

運転席に乗り込む森村に、佐久良は声をかける。

素人目《しろうとめ》では寺居の怪我《けが》の具合が判別できない。一刻《いっこく》も早く医師に診てもらうため、森村に運ばせることにした。佐久良はこの場に残って応援を待つ。全員拘束したとはいえ、五人いる。何かあったときのために、一人でも多く、この場に残っておくべきだ。

寺居を乗せた車が走り去り、拘束した五人以外には、佐久良たち三人だけになる。だから、ようやく聞きたかったことが聞ける。

「どうして、二人が一緒に来たんだ？　しかも、こんなに早く」

「藤村さんから連絡もらったんですよ。班長が半グレのところに向かってるって」

答えたのは若宮だ。若干《じゃっかん》、気まずそうな顔をしているのは、それが理由になっていないと自覚しているからだろう。

「いや、急がないと班長が危ないって、気づいたら走り出してました。……申し訳ありませんでした」

若宮が申し訳なさそうな顔で言い訳した後、潔《いさぎよ》く頭を下げた。

完全に三人きりというわけではないから、若宮にしては珍《めずら》しくまともな謝罪《しゃざい》だ。間が空いたのは、隣の望月と頭を下げるタイミングを合わせるためだったようだ。終始無言でいる望月も若宮に倣《なら》って、頭を下げている。

心配になった二人は、それぞれの相棒《あいぼう》を置き去りにして、佐久良の元に駆けつけた。同じタクシーだったのは、先にタクシーで向かっていた望月が、通りがかりに若宮を見つけて、人手が多いほうがいいだろうと一緒に乗せてきたかららしい。

結局、咄嗟《とっさ》に体が動いたのなら、距離を取ったところで、二人は変わらなかったということだ。前回からさほど時間が経《た》っていないから、すぐには変われないとしても、全く変わっていなさすぎだ。いくら捜査一課で唯一、三人の関係を知る藤村から連絡があったにしても、口実を作って相棒と一緒に駆けつけるだけの冷静さが欲しかった。

「お前たちが先着したおかげで助かった。それには感謝している」

佐久良はまず感謝を口にした。そのうちに応援が来るとは言え、それまでの間、佐久良が無傷でいられる保証《ほしょう》はなかったし、何より寺居の救出を早められたのは大きい。

「だが、何故、相棒を置いてきた？　その間、捜査が中断するんだ。わかっていただろう？」

「申し訳ありません」

初めて口を開いた望月がさっきよりも深く頭を下げる。反論や言い訳は一言もない。口にしたのは謝罪の言葉だけだ。

「えっと、申し訳ありません」

おそらく何か弁明《べんめい》しようとしていた若宮が、望月の態度に毒気《どくけ》を抜かれ、ただ同じようにまた頭を下げた。

この場には拘束した五人の男たちがいる。それでも、ここまで部下の態度しか取らない望月に違和感《いわかん》を覚えた。距離を取ると言われて拗《す》ねているようにも見えない。それに、佐久良を見つめる目には熱が籠《こ》もっている。

佐久良は何か言おうと口を開きかける。だが、言葉が出なかった。沈黙が流れる中、遠くからサイレンの音が近づいてくるのが聞こえた。

6

寺居の活躍と言っていいのか疑問だが、あの後、事件は一気に解決に進んだ。半グレ男たちの中の一人が犯人だったのだ。

本条たちには感謝され、応援捜査も今日で終了だ。昨日、病院に運ばれた寺居は、見た目はひどかったものの、骨折《こっせつ》もなく、打撲《だぼく》だけで済んだと報告を受けている。これなら、復帰するのも早いだろう。

残る問題は、望月だけだ。

距離を置こうと言って以降、望月の態度はおかしかった。若宮の言うように、佐久良に追いつこうと必死なのだとしても、周りが心配するほど険しい表情も気になる。年齢の差の分の経験値など、そう簡単に縮《ちぢ》められるものではない。そこに焦《あせ》って、思い詰めているのではないだろうか。もし、そうなら、マンションの前で会ったとき、駆《か》け寄ればよかった。そう後悔《こうかい》するくらいに、今の望月が心配だった。

「班長、帰らないんですか？」

仕事が終わったのに、デスクに座ったままの佐久良に、若宮が声をかける。

「いや、もう帰る」

残っていても、急いで片付けなければならない仕事はない。それなら、次の捜査が始まる前に、気がかりを解消しておこう。佐久良はそう決めて、席を立った。

「じゃ、俺も帰ろうっと」

若宮がさっと佐久良の隣に並ぶ。

いつものように駅までは並んで歩いた。ここ最近はずっと二人で、空いている左側を佐久良は寂《さみ》しく感じる。それくらい三人でいるのが当たり前になっていた。

気づかないうちに、佐久良は自分の左側に視線をやっていたのだろう。常に佐久良を見続けている若宮にはそれを気づかれていた。

駅に到着して、ホームまでは昨日までと同じ。だが、捜査は終わった。暗黙《あんもく》の了解《りょうかい》で佐久良のマンションに来てもいい状況《じょうきょう》になっている。

若宮がマンションまで付いてこようとしたら、どうやって断ろうか。佐久良はずっとそればかり考えていた。帰るとは言ったが自宅に帰るつもりはなかった。行き先を尋ねられると答えに困るから、さっきは言わなかったのだが、ここまで引き延ばした結果、余計に言いづらくなった。

電車がホームに到着した。何故か、若宮が一歩後ろに下がる。

「いってらっしゃい」

若宮が口にしたのは、送り出す言葉だった。

若宮は佐久良が自宅に帰ると思っているはずなのに、どうして、この後に出かけようとしていることがわかったのか。この様子では行き先の見当もついているのだろう。付いてこようともせず、止めようともしないのが、佐久良の気持ちを優先する若宮らしい。

佐久良だけが電車に乗り込み、若宮はそれをホームで見送る。

佐久良は電車に乗ってから、ホームに体を向けた。そして、表情を緩《ゆる》め、若宮に向けて、『行ってくる』と唇を動かした。若宮が笑顔で小さく手を振っている。電車が動き出しても、見えなくなるまでその姿は変わらなかった。

電車に揺られ、向かった先は、望月が一人で暮らすマンションだ。上司故《ゆえ》に、訪ねたことはなくても住所は知っていた。それに望月からワンルームマンションで一人暮らしだとも聞いている。いきなり訪ねて驚《おどろ》く家族はいない。

望月のマンションに到着し、部屋の前に立つと、佐久良は一つ大きく息を吐いた。迷惑《めいわく》がられることはないと思うが、いきなりの訪問はやはり緊張する。

佐久良は意を決して、インターホンを押した。在宅の確認はしていないが、佐久良が一課を出るときには、もういなかったから、おそらく帰宅しているはずだ。

最初は静かだったドアの向こうが、急に騒がしくなる。ガチャリと鍵《かぎ》を解除《かいじょ》する音がして、すぐにドアが開かれた。騒ぎの理由は、訪問者が佐久良だとわかり、慌《あわ》ててドアを開けようとしたといったところだろう。

「晃紀《あきのり》さん……」

驚いた顔の望月が、佐久良の名前を口にする。『班長』と呼ばれなかったことに、佐久良は嬉しくて、顔が緩む。

「入っていいか？」

「どうぞ。すごく狭いですけど」

望月がドアを大きく開き、佐久良を中へと招《まね》き入れる。

追い返されなくてよかった。絶対にないとは言い切れないから、少し心配もしていたのだ。

安堵《あんど》した佐久良は初めて望月の部屋に足を踏み入れた。

望月の自虐《じぎゃく》ではなく、本当に狭い部屋だった。玄関から部屋に向かう廊下《ろうか》の両側にミニキッチンとユニットバスがある。それらを含めても、この部屋全体の広さは佐久良の寝室くらいしかない。

「広いと掃除が面倒ですから」

望月が言い訳するように言った。一人では広すぎる部屋に住む佐久良がどう思うか気になったのだろう。都内の賃貸住宅事情を考えれば、独身男性の一人暮らしの部屋としては妥当《だとう》なところだ。佐久良とて、警視庁の給料だけでは、今のマンションで暮らしていけない。

「綺麗《きれい》にしてるじゃないか」

佐久良は不躾《ぶしつけ》にならない程度に室内を見回す。物が少ないのもあるのだろうが、整理整頓《せいりせいとん》されていて、床に何か置きっぱなしになっていることもない。

「この広さだからですよ。俺は若宮さんほどマメじゃないので」

「まあ、確かにあいつはマメだな」

甲斐甲斐《かいがい》しく佐久良の世話を焼く若宮を想像して、フッと口元を緩める。若宮がいると、佐久良は自分のことも、自分の部屋のことも何一つ手を出せない。出す必要がないくらい、完璧に仕上げるのだ。

「ソファもないので、ここに座ってください」

望月が勧《すす》めてきたのはベッドだ。この部屋にソファを置くスペースはない。家具はベッドとローテーブルくらいで、後は作り付けのクローゼットがあるだけだ。家電も見える限りは二ドアの冷蔵庫のみで、本当にここで生活できているのか、心配になるくらい、生活感のない部屋だった。

佐久良はベッドの前まで移動したものの、座るのを躊躇った。外から来たままの格好《かっこう》で、ベッドに座るのは抵抗がある。ましてや、自分のベッドではない。清潔《せいけつ》な状態でないと、と思うのだが、勧めたのは部屋の主の望月だ。考えた末、できるだけ浅く腰掛けた。

「水しかないんですけど……」

佐久良をもてなそうと冷蔵庫を開けた望月だが、本当にミネラルウォーターのペットボトルが入っているだけだった。数だけは多く、ぎっしりと並んでいるのが、佐久良の場所からでも見えた。

「そんな何もない部屋に急いで帰ってきたのか？」

佐久良の言葉に望月の動きが止まる。

今日、解散《かいさん》を告げた後、気づいたらもう望月の姿はなかった。佐久良に声をかけられる前に帰ったのだろうとは想像できていた。

「飲み物はいいから、お前もこっちに来て座れ」

佐久良は自分の隣のスペースをポンポンと叩き、黙ったままの望月を誘《さそ》う。

望月はほんの少し考える素振《そぶ》りを見せた後、また無言で佐久良の隣に腰を下ろした。

「どうして、そんなに言葉が少なくなってるんだ？」

望月は若宮ほど饒舌《じょうぜつ》ではないが、決して無口でもなかった。それなのに、ここ最近は、ほとんど声を聞いていない。

「手っ取り早く距離が取れるじゃないですか」

望月は自嘲《じちょう》めいた笑みを浮かべて答える。

「晃紀さんと並んでも、誰も文句が言えないくらいの力をつけたかったんですよ。でも、すぐに結果なんて出せるはずもなくて……」

「急にどうした？　わかっていて俺と付き合いだしたんじゃないのか？」

いつも強気な望月のしょげた顔を見せられ、佐久良は焦り出す。やはり、あのとき言い過ぎたのかもしれない。どうフォローすればいいのか、佐久良が言葉を探してると、

「このまま年を取れば、いずれ晃紀さんのようになれると思ってたんです。でも、寺居さんを見てると、ただ年を取るだけじゃ駄目《だめ》なんだとわかりました」

望月がとても寺居には聞かせられないことを言い出した。寺居の自業自得《じごうじとく》とはいえ、随分《ずいぶん》と下に見られたものだ。寺居にも経験や実績はちゃんとあるのに、気負いすぎて空回ったのがよくなかった。

「それで、自分が納得する力とやらが付くまで離れているつもりか？」

「それは……」

望月が言いよどむ。そのつもりでいても、結果が出るのは遠い未来。それまで佐久良と触れ合わずにいるなど考えられないといった表情だ。

望月の葛藤《かっとう》が手に取るようにわかり、佐久良は嬉しくなって自然と笑みが浮かぶ。

「若宮に言われて気づいたことがある」

急に話を変えたように見える佐久良に、望月が訝《いぶか》しげにしながらも問いかける。

「なんですか？」

「俺は年下に甘いそうだ」

「それは確かに……」

望月が考えるまでもなく、肯定《こうてい》した。

若宮だけでなく、望月にもそう見えるということは、間違いなく、佐久良は年下に甘いのだろう。もっとも、それは近くにいる二人だからわかったはずだ。

「自覚はなかったんだが、言われてみればそうだと自分でも思ったよ。俺は甘やかすのが好きみたいだ。だが、相手が年下じゃないとできないだろう？」

年上を相手に甘やかすのはおかしいし、そもそも佐久良にそんな相手はいない。同い年だと同等という感覚が強いから、甘やかしたいなどとは思ったこともない。

「つまり、どういうことですか？」

望月が何かを期待した顔で問い返す。

「俺にはお前たちがちょうどいいってことだ」

「成長しなくていいと？」

「いや、成長はしろ。そうじゃないと、俺との差が開く一方だぞ。俺もまだまだ成長するつもりだからな」

「まだ成長したいんですか」

望月が呆れたように笑う。その口ぶり、笑顔に、ようやくいつもの望月が見えた。

「上には上がいるからな。こんなところで立ち止まっていられない」

「でも……」

佐久良の頬《ほお》に望月がすっと手を伸ばしてきた。

「今日は立ち止まってくれますよね？」

「んっ……」

頰に触れた手がそのまま首筋《くびすじ》を伝っていく。佐久良は微《かす》かに息を漏《も》らす。

「若宮さんと二人きりでセックスをしたと聞きました」

望月は体を完全に佐久良の側に向け、顔を覗き込む。

「ああ。した」

「気持ちよかったですか？」

「よかった」

佐久良は隠さず正直に答えた。望月を煽《あお》るためだ。望月にも佐久良を独占《どくせん》したいのだと望まれたかった。

「だから、俺ともしたくて来たんですね」

ニヤリと笑った望月が、言葉で佐久良を嬲《なぶ》り始めた。完全にいつもの望月だ。佐久良は期待で体が震《ふる》える。

「俺に抱かれたいなら、自分で脱いでください」

望月は佐久良に触れていた手を引き、命令する。

「……わかった」

そのつもりで来たとはいえ、言葉にされると恥ずかしい。佐久良は顔を伏《ふ》せたまま、ネクタイを引き抜いた。

ジャケットもそのまま座った状態で脱ぎ、シャツも同じようにした。上半身だけなら肌を晒《さら》しても羞恥《しゅうち》はほとんどない。だが、下を脱ぐのは躊躇《ためら》いがある。ただの裸ではなく、既に昂《たかぶ》りが熱を持ち始めていたからだ。

「できませんか？　できないなら……」

「いや、できる」

佐久良は望月を遮《さえぎ》り、勢いよく立ち上がると、その勢いのままスラックスと下着を同時に脱ぎ落とした。そして、足首に留まるそれらを今度は靴下《くつした》と一緒に取り去った。急がないと、望月がやる気をなくしてしまう。そんなはずがないのに、望月の放つ雰囲気《ふんいき》に呑まれ、簡単に全裸を晒《さら》した。

「いつ見ても綺麗な体ですね」

伸びてきた望月の手が佐久良の腰を撫《な》でる。視線は股間を凝視《ぎょうし》しているのに、触れようとはしない。佐久良を焦らす作戦だとわかっていても、もどかしさが募る。

「縛《しば》ってもいいですか？」

「えっ？」

唐突《とうとつ》なお願いを佐久良はすぐには理解できなかった。言葉の意味を噛みしめるように、まじまじと望月の顔を見つめる。

「きっと似合いますよ」

望月はそう言って、ベッドの下から小さな箱を引き出し、持ち上げる。

「いつか使おうと買ってたんです」

箱から取り出されたのは、真っ赤なロープだ。ここまでされれば、そう言う意味で縛りたいのだと佐久良にもわかった。

「SMプレイ用のロープなので、肌を傷つけないように柔《やわ》らかいんですよ」

望月は喜々として、真っ赤なロープを佐久良の肌に宛《あ》てがう。

「黒のほうが色としては似合うんですけど、赤のほうがいやらしさが増しますね」

望月のする色の説明など、佐久良にはどうでもよかった。ただ真っ赤なロープで縛られた自分の姿を想像すれば、嫌でも股間が熱くなる。

「縛りますよ?」

「お前が望むなら……」

再度の問いかけに、佐久良は消極的に受け入れた。

縛られることに怖さはある。自分の意思で動けなくなるのだ。おまけに望月が無茶《むちゃ》をしたときに止める若宮も今はいない。それでも、佐久良は拒《こば》みたくなかった。若宮を甘やかしたように、望月もまたとことん甘やかしてやりたかった。

「そうやって、若宮さんの希望も叶《かな》えたんですね」

チラリと嫉妬《しっと》の色を見せて、望月はロープを手に立ち上がる。

「晃紀さんはベッドに上がってください」

縛られるためにベッドに上がれという命令が、佐久良の足を震わせる。素直に従いたいのに、なかなか足が動かない。それならと佐久良はベッドに膝《ひざ》をつき、そのまま中心に向けて膝を進める。これならまだ足に力が入らなくても動けた。

「それじゃ、次はこっち向いてください」

続けざまに命令が下される。命令するのは望月でも、従うかどうかの決定権は佐久良にある。佐久良が自らの意思で望んで抱かれるのだと、命令に従う度に思い知らせようとしているのだろう。

佐久良はベッドの上で、今更《いまさら》ながら、股間を隠そうと軽く膝を曲げて座った。

「まずは上からですね」

望月は両手でロープをピンと張り、それを佐久良に被《かぶ》せるように背後に回した。

きっと望月は何度か練習したのだろう。驚くほど手早く、佐久良の体にロープが巻き付けられていく。

その手際《てぎわ》の良さを見つめているうちに、あるはずのない胸を強調するかのように、胸の尖《とが》り辺りを挟んで上下にロープが巻かれてしまった。こんな縛り方をされれば、赤だろうが黒だろうが、いやらしくなって当然だ。

上半身は腕も纏《まと》めて縛られ、肘《ひじ》から上はもう動かせない。肘から下も背中に回され、望月が真剣《しんけん》な顔で固定している。これでもう、両手の自由はなくなった。

「痛っ……」

両腕を拘束していたロープを引っ張られ、思わず声が出た。

「すみません。痛かったですか？」

「い、いや、大丈夫だ」

佐久良が痛みを訴《うった》えれば、望月はやめてしまう。そう思い、佐久良は慌てて否定《ひてい》した。今日は望月の願望を叶えると決めたのだ。途中でやめてほしくなかった。

「ああ、そうでしたね。少し痛いくらいは快感になる人でした」

満足げに笑った望月が、反対の手も引っ張った。

「あっ……」

軽い痛みとともに言葉で嬲られ、佐久良の中心は完全に勃《た》ち上がる。それを佐久良は足を曲げることで隠していた。だが、背中側の両サイドから伸びてきたロープが、それぞれの膝と結びつき、足を閉じていられない長さで縛られてしまった。股間を露《あら》わにする格好で縛られ、もう自分では隠すことはできなくなった。

「思ったとおり、よく似合います。すごく素敵《すてき》です」

うっとりしたように望月が感嘆《かんたん》の声を上げる。佐久良の姿を視姦《しかん》しての言葉だ。羞恥で全身が熱くなる。

今、佐久良は全身を赤のロープで縛り上げられている。足を広げた状態で固定され、秘《ひ》められた場所のはずの奥まで露わな状態だ。そこに痛いくらいの視線を感じ、無意識にひくつかせてしまう。

「意図したわけじゃなかったんですが、ベッドカバーをグレーにしてて正解でした。晃紀さんの今の姿の邪魔をしません」

望月はじっくりと佐久良を鑑賞《かんしょう》し、感想を口にするだけで、まだ触れては来ない。こんな恥ずかしい姿をさらしているのに、中心は全く萎《な》えることなく、それどころか触れられることなく、限界にまで張り詰めていた。

「晃紀さんも気に入ってくれたみたいで嬉しいです」

望月は視線を一点に集中させ、満足げに言った。視線でも言葉でも辱《はずかし》めを受け、佐久良の屹立《きつりつ》はついに先走りまで零し始めた。

「でも、まだこれで終わりじゃないんですよ」

望月がロープの入っていた箱からまた何か取り出した。

「それ……」

望月が手にしたものを見て、呟《つぶや》いた後に自然と喉《のど》が鳴る。

白くて小さな物体、そこから伸びたコードの先にはスイッチがある。しかも、望月はそれを三つも持っていた。

「まずは、胸につけます」

笑みを浮かべたまま、望月は医療用《いりょうよう》テープを適当な長さに切ると、ローターを佐久良の胸に押しつけた。

「……っ……」

温度を持たない物体の冷たさに身が竦《すく》む。望月は気にせず、それを胸の尖りを押しつぶすようにテープで固定した。反対側も同様だ。

「この光景をあの人に見せつけたい気もしますが、やっぱり、独《ひと》り占《じ》めしたい気持ちが勝ちますね」

望月は作業をしながらも、佐久良の姿を視姦しての感想を口にする。

望月の言う、あの人とはもちろん、若宮のことだと、名前を出さずともわかる。やはり望月がもっともライバル視しているのは若宮なのだろう。

ローターの電源がまだ入れられていないから、胸は違和感があるだけだ。それよりも望月が持ち上げた最後のローターの行き先が気になった。

「奥、寂しいでしょう?」

望月の問いかけに答えたのは、佐久良が生唾《なまつば》を呑み込む音だった。ゴクリと予想外に大きく聞こえた。

望月が片手で器用にローションのボトルを開け、ローターに纏わせると、そのまま、佐久良の後孔に押し当てた。

「くっ……う……」

強引に押し入ってくる塊《かたまり》が、佐久良の眉間に皺を寄せる。まだ何も解すための行為はされておらず、固く締まった中をこじ開けられているような感覚だった。

「すぐによくなりますよ。あなたは特別感じやすい体をしてますから」

ローターを押しつけている望月は上機嫌だ。くすくすと声を出して笑いながら、胸のローターの電源をオンにした。

「あっ……」

右胸に振動が与えられ、反射的に佐久良は背を仰《の》け反《ぞ》らせる。電気が走ったかのような痺《しび》れを感じた。

続けざまに左胸も震えだし、佐久良は姿勢を保っていられず、後ろへと倒れ込んだ。いつの間にか背後に柔らかい枕が置かれていて、縛られた腕がベッドに押しつけられる感触を和《やわ》らげてくれていた。

「まだ乳首だけですよ。乳首だけでイクつもりですか?」

望月があえて乳首と連呼し、男なのに乳首で感じるのかと言葉で嬲る。そう言われても仕方のないほど、佐久良の屹立は限界の状態だ。先走りはすっかり屹立全体を濡《ぬ》らすほど、溢《あふ》れ出している。もういつでも達することができる。

「でも、せっかくこっちにも入れてますから……」

「ああっ……」

中のローターが振動を始めた瞬間、佐久良は声を上げて達してしまった。放った精液が自分の腹を濡らしても、気持ち悪さを感じる余裕もない。

「早いですよ」

呆れたように言いながらも、望月の顔は笑っている。

佐久良が達したからといって、それで終わりじゃないことは明らかだ。三カ所の振動はまだ止まらないし、佐久良も余韻《よいん》で震えていた。

「これ、振動の強度が変えられるんです。マックスを味わってみませんか？」

「待っ……、イッたばか……りっ……」

佐久良が懇願《こんがん》しても止まらず、望月はローターの振動を強めた。

「ああっ……ぁ……」

三カ所同時に強烈《きょうれつ》な刺激を与えられ、佐久良は縛られて動けないながらも体を左右に振って、どうにか快感《かいかん》を逃がそうとする。

「俺なんかいらないくらい、気持ちよさそうですね」

「違っ……う……そんな……ない……」

答えたいのに、声が震えて言葉がまともに出せない。何を言っているのか自分でもわからないのに、それでも望月には通じた。

「本当にそんなことないって言えますか?」

「ひっ……あぁ……」

中のローターを指で奥に押し込まれ、口から零れたのは嬌声《きょうせい》だ。達したばかりで熱の冷めない体には強すぎる刺激だった。

ローターは震えながら肉壁を擦《こす》り、奥深くまで進んでいく。

佐久良は絶《た》えず声を上げ続けていた。自然と溢れ出る声など止めようがない。萎えていたはずの中心は再び力を取り戻し、硬く勃ち上がる。まだそこには一度も触れられていないのにだ。ただ射精《しゃせい》するためだけに存在するかのように、望月には無視されていた。

「あ……はぁ……っ……」

ズッとローターが元の位置まで引かれ、それもまた快感となって甘く喘《あえ》ぐ。中のどこを擦られても快感だった。

望月はそれが気に入ったのか、指で押し込んでは、コードを持って引っ張るを繰り返した。押し込むときには前立腺《ぜんりつせん》を狙《ねら》って、佐久良を跳《は》ねさせるのも忘れない。

佐久良にまた限界が訪れる。それを見逃さず、望月は振動マックスのローターを強く前立腺に押しつけた。

「……っ……」

もはや声も出なかった。それくらいの快感だった。佐久良が放ったものは、乾《かわ》き始めていた股間や腹を再び濡らす。

立て続けに二度も、しかもどちらも激しく追い詰められての射精は、急激に佐久良の体力を奪《うば》った。佐久良はただ荒い呼吸を繰り返す。

「すごいですね。もう二回もイきましたよ」

望月がクスクスと楽しげに笑う。

「そうだ。何回イけるか、限界に挑戦《ちょうせん》してみませんか」

望月は笑いながら、残酷《ざんこく》な言葉を口にする。

佐久良は既に疲労困憊《ひろうこんばい》だった。まだ望月と繋がっていないから終わりではないとはわかっているが、佐久良だけがイかされることにはもう耐《た》えられない。

「い……嫌だ」

口を開けば掠《かす》れた声で、佐久良は渇《かわ》いた唇を舐《な》めてから言い直した。

「嫌、ですか？」

望月が身を乗り出し、佐久良に顔を近付けて尋ねる。嫌だと言えるのかと責めるような響きを感じた。

「こんなのは嫌だ。俺だけイかされるなんて……」

「コレが欲しいんですか？」

望月は視線を落とし、自らの股間に佐久良の視線を誘導《ゆうどう》する。

望月はまだ最初に会ったときと変わらず、ラフな部屋着を身につけたままだった。佐久良や若宮に比べて体が貧弱だからと、普段からあまり脱ぎたがらない。そのスウェット越しでも、股間の昂りは見て取れた。

「答えてください」

見つめるだけで何も言わない佐久良に焦《じ》れて、望月が答えを迫《せま》る。

わかっているくせに言葉を求める。佐久良が自分の口で言うことに意味があるのだと、望月だけでなく、若宮も思っているようだ。いつも優しく抱く若宮でさえ、こんなふうに言葉を求められることがあった。

「……欲しい。お前のでイきたいんだ」

羞恥を堪《こら》え、絞《しぼ》り出した答えは、望月を大いに満足させた。珍《めずら》しく感情を露わにした満面の笑みを見せた。

「よかった。俺ももう限界だったんです」

そう言って望月がスウェットを引き下げた。すっかり硬くなっていた屹立は、その硬さによって勢いよく放り出される。

望月が縛られた佐久良の足に手をかけ、後孔に屹立を押し当てる。

「待ってくれ、まだ中に……」

佐久良は慌てて中にあるローターの存在を訴えた。だが、望月はわかっているとばかりに、ニヤリと笑い、そのまま腰を押し進める。

「い……っ……くぅ……」

ローターが入ったまま中まで屹立を押し込まれ、衝撃《しょうげき》で目の前に火花が散った。入ってはいけない場所にまで何かが入っている。そんな恐怖さえあった。

「これは俺もヤバいっ……」

望月の独り言《ひとりごと》には切羽詰《せっぱつ》まった響きがあった。言葉遣いに気を使えないのも、そんな余裕がないからだ。

中にある望月の屹立は、佐久良に締め付けられているだけでなく、ローターの振動が先端《せんたん》に当たっている状況だ。直接刺激を与えられ、我慢するのは難しいだろう。

望月は舌打ちすると、腰を引き、すぐさまローターも引き抜いた。

「あ……んっ……」

ずるりと抜け出す感覚、それも二つの違う体積のものが入り口を刺激して、佐久良はそれにも快感を拾ってしまう。

「それじゃないでしょう。感じるのはこっちです」

少し怒った口調で望月がそう言うなり、また佐久良の後孔を犯した。

「はぁ……ぁ……」

佐久良の口から漏れたのは、今度は甘い息だった。ローターがなくなり、安心して感じることだけに専念できた。

「これが好きですか？」

折り曲げられた足を持って、ガツガツと腰を押しつけながら、望月が問いかけてくる。既に佐久良から理性がなくなりつつあるのを知っていて、答えを求める。

「好き……気持ちいい……」

佐久良は譫言《うわごと》のように、求められる言葉を口にした。どんなに荒々《あらあら》しく突き立てられても、快感しかなく、気持ちよすぎて頭がおかしくなりそうなほどだ。だから、考えるよりも先に言葉が出ていた。

胸はずっと張り付いているローターのせいで痛いくらいで、体も拘束されて苦しいのに、それすらも快感を高めるスパイスになっていた。

佐久良はひっきりなしに声を上げ続けた。佐久良が感じていることを望月が知りたいのなら、声を上げて応えたかった。

「も……無理っ……イク……」

「いいですよ。イってください」

触ってほしくて言ったのに、どうしても望月は屹立に触れてくれない。その代わりだと佐久良の腰を持ち上げ、上から押しつけるように深く突き刺《さ》した。

一際《ひときわ》高い声を上げて、佐久良は三度目の迸《ほとばし》りを解き放った。

「ああっ……」

「俺もイきますよ」

望月は佐久良に遅れること僅《わず》か数秒、佐久良の中で熱を吐き出した。望月は今日、初めての射精だ。

佐久良の中から出ていった望月は、深く息を吐いてから、ロープに手をかけた。

最初から外《はず》しやすいようになっていたのか、するするとロープが外れていく。拘束が解けても、佐久良はすぐには動けなかった。ずっと縛られていたせいで痺れているのもあるが、それ以上に疲労《ひろう》が強かった。

「水を持ってきます」

望月が一人でベッドを下り冷蔵庫に向かった。佐久良は横になったまま、顔だけを向けて、その背中を見るしかできない。指一本動かしたくないとは、まさにこの状況のことを言うのだろう。

自虐《じぎゃく》するほど狭い部屋だから、望月は一瞬で戻ってきた。佐久良の背中に手を添え、水を飲ませるために上半身を起こす。

「持てますか?」

蓋《ふた》を開けたペットボトルを差し出されたが、佐久良は力なく首を横に振る。痺れた手ではきっと取り落とすだろう。

「わかりました」

望月がそう言ったから、佐久良は口元に運んでくれるのかと思った。だが、望月は自らの口にペットボトルを運んだ。

佐久良が見つめる中、望月は水を口に含むと、そのまま顔を近付けてきた。口づけられた唇の間から、水を流し込まれる。口に収まらなかった水が端《はし》から漏れ、佐久良の口元から首筋を伝っていった。

「もう少し上を向かせたほうがいいな」

望月は独り言のように言うと、

「もっと飲みますか?」

優しい声音《こわね》で尋ねる。さっきまでとはまるで態度が違うのは、無茶をした自覚があるからなのかもしれない。

佐久良は無言で頷《うなず》いて答える。まだ喉の渇きは癒《い》えておらず、ちゃんとした声を出せる自信がなかった。

もう一度、望月が水を口に含み、顔を近付けてくる。

水を飲ませるための行為のはずなのに、佐久良の口中に水が全て移動しても、望月の唇は離れない。

水が佐久良の喉を通るのを待って、望月の舌が口中を動き回る。

唇が絡み合い、唾液が混じる。渇ききった佐久良の喉はそれすらも飲み干した。

「これじゃ、いつまで経っても終わりませんね」

唇を離した後、望月は名残惜《なごりお》しそうに言った。口に含んで飲ませられる量などたかがしれている。佐久良の喉の渇きはその程度では潤《うるお》わなかった。

望月がペットボトルを佐久良の口に近付けた。

佐久良の飲むスピードに合わせて、望月がボトルを傾《かたむ》ける。それがしばらく続き、半分ほど飲みきってから、佐久良は望月の腕をもういいと軽く叩いた。

「そりゃ、喉も渇きますよね。あれだけ喘げば」

笑いを含んだ声で言われ、佐久良はさっきまでの痴態《ちたい》を思い出し、顔が赤くなる。

「ここ、壁が薄いんで、両隣には丸聞こえだったでしょうね」

「なっ……」

抗議しかけて、またこの声も聞こえるかと慌てて口をつぐむ。

「今更ですよ」

「だが……」

「これくらいの声なら聞こえません。隣からたまに聞こえるのは、甲高《かんだか》い女の喘ぎ声くらいですから」

「なら、大丈夫か」

ほっとしたのもつかの間、望月が思わせぶりに笑っている。

「晃紀さん、喘ぐときは声が高くなってます。気づいてませんか？」

「それじゃ、やっぱり」

「いいじゃないですか。すごくそそる、いい声なんですから」

佐久良がここに来たときは違い、望月は上機嫌《じょうきげん》だ。ただの客である佐久良より、この部屋の住人である望月のほうが、男の喘ぎ声を聞かれて都合が悪いと思うのだが、全く気にした様子はない。

「もっと聞かせてやりましょう」

いきなり肩をトンと押され、佐久良は後ろへ倒れ込んだ。いつもならこんな簡単に倒れたりしないが、体に全く力が入らない今は、されるがままだ。

「まだするのか？」

「何回イけるか試そうって言いましたよね？」

「も、もう充分だ」

体が限界だった。慌てて逃げようと、体を捻《ひね》り、ベッドに手をつく。力が入らないなりに、体を起こそうとした。だが、その前に腰を掴《つか》まれた。

「あっ……」

腰を引かれ、ちょうど手をついていたことから、俯《うつぶ》せの四つん這《ば》い状態にさせられた。だが、手に力が入らないから、すぐにベッドに顔から崩《くず》れ落ち、腰だけを持ち上げられる。

「まるで犯してくれとばかりの格好ですね」

そう言うなり、望月は力を取り戻した屹立を後孔に突き立てた。

「や……あぁ……」

驚きで出た声は、すぐに快感を訴えるものに変わる。さっきまで犯されていたそこは、なんなく望月を受け入れただけでなく、瞬時に熱を呼び戻した。

「ロープがなくても……いい……眺めです」

腰を使いながら、望月の言葉も途切《とぎ》れがちになる。だが、佐久良がそれを気にする余裕はない。体に快感をたたき込まれ、喘ぐしかできない。隣に聞こえると言われたが、それも忘れていた。

「……この格好だと……首輪が似合いそうです」

後ろから犯される今のこの体勢は、動物の交尾のようだ。それを指摘されても、今更、望月が止まるわけもなく、佐久良にも止める手段はない。

「今度、首輪をつけてもいいですか？」

問いかけられているのはわかった。既に頭はあまり回らなくなっている。だから、考えるよりも先に言葉が出た。

「二人だけのときなら……」

咄嗟《とっさ》に思ったのは、若宮には見られたくないということだった。三人でするときとは違い、二人きりのセックスをもう一人には見せたくなかった。若宮の蕩《とろ》けるほどに優しいセックスも、望月の嬲《なぶ》るようなセックスも、二人きりのときだけの秘密だ。

「すぐに買ってきます」

望月が嬉しそうに答える。またすぐに二人きりでセックスできると思っているようだが、そんな簡単に若宮を出し抜けないだろう。

「それよりっ……」

佐久良は首を後ろに曲げて、望月を急かした。首輪の話になってから、望月の動きが止まっていたのだ。

「堪《こら》え性《しょう》のない犬だ。躾《しつけ》が必要ですね」

パシンと双丘を叩かれ、軽い痛みに痺れが走る。

「いっ……あぁ……」

「こんなことで感じるなんて、今、締め付けましたよ」

叩かれて感じるなど恥ずかしいが、体の反応は隠せない。また力を持ち始めた屹立も、萎える気配はなかった。

「何をしても感じるんじゃ、躾になりませんね。これは時間がかかりそうだ」

本腰を入れるとばかりに、望月が腰を掴んだ手に力を込めた。

「あ……ああっ……はぁ……」

体がずり上がるほど勢いよく後ろから突かれる。

これでイかされれば、四度目だ。ここまでは想定していなかった。甘やかしすぎはよくないと、佐久良は後悔しながら声を上げ続けた。

7

あれだけひどい有様だったのに、打撲だけで済んだ寺居は、検査入院だけをして、早々に現場復帰した。佐久良たちの前に現れたのは、病院に運ばれた四日後だった。退院した後の二日は、ひどすぎる見た目を少しでも戻してからという、一課長の温情での休みだ。

「ご迷惑おかけしました」

寺居は申し訳なさそうというより、ばつが悪そうにまだ青あざの残る顔で、佐久良たちに頭を下げた。

事件解決のきっかけになったとはいえ、それは佐久良たちが後を追ったからだ。そうでなければ、誰にも見つけられず、最悪、東京湾《とうきょうわん》に沈《しず》められていたかもしれない。それくらいのことしそうな相手だったのだ。

寺居が情報屋からの電話の内容を、一言、佐久良に伝えていれば、こんな怪我《けが》をせずに済んだ。それがわかっているから、寺居もしおらしい態度なのだろう。

「お、来たな」

佐久良が寺居に声をかける前に、横から別の声が割って入った。

「滝村《たきむら》さん、お疲れさまです」

佐久良は声をかけた男、捜査一課の滝村班班長の滝村に挨拶して軽く頭を下げる。五十代の滝村はいかにも刑事といった風貌《ふうぼう》で貫禄《かんろく》がある。

「おう、お疲れ」

滝村は無表情で軽く佐久良に返してから、

「お前は今日からこっちだ」

寺居に声をかけ、もう用はないとばかりに、さっさと立ち去った。

佐久良は滝村の態度には慣れているから気にならないが、何も知らない寺居は、慌ててその後を追った。佐久良にはなれなれしかった寺居も、さすがにあの滝村にはそんな生意気《なまいき》な態度は取れないようだ。

「寺居さん、異動なんですか?」

寺居の最大の被害者だった森村が尋ねてくる。

「ああ。班長間で協議した結果だ。あそこはベテラン揃《ぞろ》いだから、あいつも勝手に動けないだろう」

佐久良は頷いて、皆に聞こえるように事情を話した。

寺居がいない間に、一課長の号令の元、班長が集められた。当初の予定では各班を回して、相性を見てから配属《はいぞく》を決めるはずだったのだが、寺居が予想を上回る問題児だったため、予定を変更して、手綱《たづな》を取れる班長の元に配属させようということになったのだ。つまり、佐久良では無理だと判断されたことにもなる。同期だからやりやすいは、舐《な》められやすいの間違いだった。

「あそこは一番下が堤《つつみ》さんですからね。これから大変だ」

森村が小声で寺居に同情の声を寄せる。

「ちょっと癖《くせ》のある奴が多いからな」

年長者の立川《たちかわ》でなければ言えない台詞《せりふ》だ。佐久良たちも同じように思っているが、口には出せない。

「それくらいがちょうどいいんだ。ああいう奴には」

また新たな声が混じる。今度は本条だった。もちろん、その横には吉見もいる。事件が解決したからか、お互い今は余裕のあるときだ。

「最初に甘やかしすぎたな」

本条の言葉は佐久良への苦言《くげん》だ。佐久良なりに厳しくしたつもりだったが、様子見だからと放置していたのが悪かった。佐久良も反省すべきところは大いにある。

「いろいろと申し訳ありませんでした」

「お前もいい経験になっただろう」

「はい」

佐久良は苦笑いで頷く。

「結果的に事件は解決しましたけど、ホント、一課を舐めすぎです」

先輩風《せんぱいかぜ》を吹かせた吉見が、もうこの場にいない寺居への不満を口にする。吉見以外の全員が、それをお前が言うのかと思ったのだろう。皆、一様に微妙《びみょう》な顔をしている。

「ま、滝村班で揉《も》まれれば、嫌でも身にしみるさ」

「そうですね」

佐久良はそう言いながら、寺居が消えた先に視線をやった。滝村班は現在、捜査の真《ま》っ只中《ただなか》だ。寺居も既に捜査へ連れて行かれたのか、もう姿はなかった。

「あそこには藤村さんがいますから」

「悪い影響《えいきょう》を受けなきゃいいが……」

本条がしみじみと呟く。

藤村は一癖も二癖もあるが、すこぶる優秀な刑事だ。刑事として真似できるのならいいが、悪い癖の部分を真似されると厄介《やっかい》が増えるだけになる。

もっとも、真似ようとしてもできるとは思えない。藤村には天性《てんせい》の勘《かん》がある。それがないのに、スタイルだけを真似しても結果は出せないだろう。

「そういえば、言ってたどら焼きとやらは、用意できたのか?」

本条が思い出したように言った。藤村との仲介《ちゅうかい》をしたのが本条だから、気にしてくれていたのかもしれない。

「昨日のうちに献上《けんじょう》しておきました」

佐久良は改まった口調で答えた。つい貢《みつ》ぎ物《もの》を捧《ささ》げるような気分になってしまったことは秘密だ。

藤村には昨日のうちに、リクエストされた生《なま》どら焼きを渡している。末っ子の佐久良に甘い母親に頼んで、販売分とは別に用意してもらったのだ。藤村は非常に喜んでいたから、また何か頼み事をしても、見返り付きだが、引き受けてくれそうだ。

本条と吉見が去ってから、佐久良班だけになると、若宮が近づいてきた。

「これで平穏《へいおん》な日々が戻ってきますね」

「別に若宮さんは何もしてないでしょう。大変だったのは森村さんです」

続けて望月もやってきて、若宮を窘《たしな》める。

「そうだな。森村には迷惑をかけた」

佐久良は寺居の一番の被害者だった森村を労う。

「まあ、いい経験になりました」

森村は苦笑いでそう言ってから、

「奢《おご》ってもらい損《そこ》ねましたけど」

軽く肩を竦めた。そういえば、半グレたちとの乱闘《らんとう》前にそんなことを言っていた。てっきり冗談《じょうだん》かと思っていたが、そうでもなかったようだ。

「わかった。俺の責任でもあるからな。俺が奢ろう」

「本当ですか？」

嬉しそうに確認する森村に、佐久良は笑顔で頷いた。

「森村だけ？　ずるくない？　俺たちだって迷惑かけられましたよ」

若宮が拗《す》ねた口調で抗議してくる。

「お前も迷惑をかけた側だろう」

「森村には迷惑かけてないし」

若宮が澄《す》まして答える。むしろ、助けたほうだと言いたげだった。

「それを言うなら、俺はお前に迷惑をかけられたな」

笑いながら割って入ってきた立川に、若宮がまずいとばかりに顔を顰めた。

若宮と望月のコンビを一時的に解消させたとき、若宮と組んだのが立川だった。今はもう元のコンビに戻したが、立川からは佐久良に苦情が入っていた。

「俺もだな」

また新たな声は、望月と組まされていた佐々木《ささき》だ。立川同様、佐々木も望月から捜査中に置いてきぼりにされていた。

「若宮さんが余計なことを言うから、俺までとばっちりじゃないですか」

「お前も同罪《どうざい》なんだから、一緒に責められろよ」

「嫌ですよ。せっかく隠れてたのに」

二人の言い争いが周りに笑いを広げる。いつの間にか、佐久良の周りに佐久良班が集合している。先日までのぎこちなさはもうどこにもなかった。

「わかったわかった。それじゃ、今日、捜査が入らなければ、帰りに皆で行こう。もちろん、俺の奢りだ」

佐久良の提案に歓声《かんせい》が上がる。佐久良班が集合しての飲み会が、こうして久しぶりに開かれることになった。


運良く佐久良たちが担当しなければならない事件は起きず、予定どおり、佐久良班の慰労会《いろうかい》が開かれた。

二時間ばかりを楽しく過ごし、飲み会は解散となった後、それぞれが帰って行く中、若宮と望月は自然と佐久良のそばに来た。

「送ります」

佐久良の右側に若宮、左側に望月という並びで歩き出す。

「送るだけだぞ」

「なんで？　明日休みなのに」

断られると思っていなかったのか、若宮が意外そうに問いかける。

「いや、それは……」

佐久良はチラリと望月に目を遣《や》り、口ごもる。

あの夜、望月に抱かれてから二日しか経っていない。ロープの痕《あと》がまだうっすらと残っていて、ローターを貼り付けられていた赤く腫《は》れた胸も元どおりとは言えなかった。それを若宮に見られるのは避《さ》けたかったのだ。

「お前、何やった？」

佐久良の視線に気づき、若宮が望月を睨《にら》む。

「説明してもかまいませんが、ここでは無理ですね」

ニヤリと笑う望月に、佐久良の顔にうっすらと赤みが増す。

駅へ向かう道だ。人通りが多く、とてもあの夜の話ができる場所ではなかった。

「どっちにしろ、部屋には行くしかないんですよ」

誰にも絶対に話を聞かれないで済む場所といえば、そこしかないだろう。だが、そうなると、話だけで済むはずがない。この体も若宮に見られてしまう。

若宮とも二人きりで抱き合ったが、それとこれとは別だと、嫉妬《しっと》するのは間違いない。結果、その後が激しくなるのも簡単に想像できた。

駅に着いて、佐久良のマンション方面に向かう電車に三人で乗り込む。もはや佐久良に拒否権はなかった。

「でも、まさかこんな早くにあの男と離れられるとは思わなかったです。面倒なのがいなくなって清々《せいせい》した」

電車で佐久良がドアにもたれ、その正面に二人が立った状態で、若宮が思い出したように話を蒸《む》し返した。寺居のことだ。

「お前はあまり気にしてなかっただろう？」

「気にしてない振りをしてただけ。俺はコイツほどガキじゃないんで」

若宮にガキと呼ばれた望月が、フンと鼻で笑ってあしらっているが、実際、あのときはまだ二十代の若さが感じられた。今まではそれを見せないようにしていたのだろう。今は吹っ切れたような顔をしている。

マンションに着くまでは、そうやって万が一、話を知り合いに聞かれても言い訳できるような会話に終始した。

だが、佐久良のマンションの最寄り駅に着いてからは、自然と二人が早足になり、佐久良もそれに合わせた結果、いつもの半分の時間で部屋に到着した。そうなると、当然、話が蒸し返される。

「コイツに何をされたんですか？」

丁寧語《ていねいご》なのが若宮の本気を感じさせる。本気で聞き出そうと詰め寄る若宮を避け、佐久良は部屋の奥に進んだ。玄関先でしたい話ではなかった。

ソファに行ってしまうと、前回のようにその場で始まってしまいかねない。だから、佐久良はダイニングに足を向け、その椅子に腰掛けた。その間に、若宮はコートやジャケットを佐久良から受け取るのは忘れない。

「もしかして、痕が残ってます？」

答えない佐久良の代わりに、望月が気づいた。

「痕ってなんだよ。そんな痕が残るようなことをしたのか？」

若宮は佐久良から方向転換して、望月に詰め寄る。

「好きにしていいと晃紀さんが言ったんですよ。そりゃ、好きにするでしょう」

「いやいや、こんな奴にそんなこと言ったらダメだって」

また佐久良に向き直り、若宮が窘めてくる。

「だが、あのときは、ほら、お前ともした後だったし……」

佐久良は苦しい言い訳で逃《のが》れようとする。

確かに、望月には言ってはいけない言葉だったかもしれないと、最後、意識を失うときには思った。あの夜、何度達したかわからないほどイかされ続け、最後は気を失うように眠りに落ちたのだ。

「そういえば、聞いてなかったですね。二人は何したんですか？」

望月が思い出したように若宮に尋ねた。

佐久良が若宮と二人だけでセックスをしたことを、望月は知っていた。だが、必要以上の会話はしない二人だ。詳しく話す時間を持たなかったのかもしれない。

「俺たちはごくノーマルなラブラブエッチだよ。のぼせるくらい、風呂場でイチャイチャしたっての」

「ラブラブにイチャイチャですか」

望月が馬鹿にしたように鼻で笑う。あんなSMプレイが入ったようなセックスが好きな望月には物足りないに違いない。

「俺はお前みたいなSMなんて興味ないんだよ。晃紀が怪我したらどうすんだ」

若宮が怒っているのは、佐久良の体を心配してのことだ。若宮が見ているところでなら、止めることもできるから安心できるのだが、前回は若宮がいなかった。

若宮はキッと厳しい顔を佐久良に向ける。

「見せて」

「いきなりか？　帰ってきたばかりだぞ」

どうせ見せるだけで終わらないのだから、一息吐かせて欲しかった。だが、佐久良のそんなささやかな希望は眉間に皺を寄せた若宮に一蹴《いっしゅう》される。

「いいから、早く」

必死な若宮に気圧《けお》され、佐久良はネクタイに手をかけた。既にジャケットは脱いでいるから、残っているのはベストとシャツ、それにネクタイだ。とりあえず上半身だけ、前をはだけて見せれば納得するだろう。

佐久良がネクタイを引き抜くのを待ちきれなかったのか、若宮がボタンを外しにかかる。ベストの少ないボタンはあっという間に、シャツのボタンも流れるような手際《てぎわ》の良さで瞬《また》く間に外された。

若宮はシャツの前を広げ、佐久良の肌を外気に晒《さら》す。

視線が痛い。自分で現状がわかっているからこそ、隠したかった。佐久良は視線を逸《そ》らし、拷問《ごうもん》のような時間が過ぎるのを待った。

「何したら、こうなるの？」

佐久良への質問だったが、答えたのは望月だ。

「一時間くらいかな。ずっとローターを貼り付けてたんですよ。気持ちよすぎて、乳首だけでイきそうになってましたよ」

「望月っ……」

若宮を挑発《ちょうはつ》する言葉は佐久良を辱める。佐久良は真っ赤になって、望月を黙らせようと、その名を呼んだ。

だが、若宮は佐久良の胸だけを見ていて、望月には何も言い返さない。腫《は》れているだけではないのかと心配になるくらい、佐久良の胸を凝視している。

「かわいそうに」

若宮が呟いてから、そっと手を伸ばしてきた。

「……っ……」

指先が尖りに触れた瞬間、軽い痛みが走り、佐久良は体を震わせる。

「痛い？」

「少し……」

佐久良は正直に答えた。腫れているから軽い刺激でも痛みを感じる。だが、これでもまだマシになったほうだ。昨日などシャツが当たるだけで痛かった。

若宮が背を丸め、胸元に顔を近付ける。

「あ……んっ……」

濡れた舌に舐め上げられ、佐久良は甘い息を吐く。指よりも柔らかい舌でも痛みはある。けれど、それ以上に視界に映る光景が佐久良を昂らせた。

若宮はシャツの中に手を入れ、腰や背中を撫でながら、尖りに舌を這わせる。そう長い時間ではなかったが、若宮がすくっと体を起こした。

「この体勢はちょいキツい」

「それ、最初からわかってたでしょう」

望月が呆れたように指摘する。

背を丸めて胸を愛撫する体勢は、腰への負担が大きい。佐久良はそこまで見えていなかったが、望月には若宮がすぐに挫折《ざせつ》するとわかっていたようだ。

「ここに座ってもらうと、高さ的にちょうどいいかな」

若宮が佐久良に座るようにと促したのは、ダイニングテーブルだ。佐久良はテーブルと若宮の顔を見比べる。

「わざわざこんなところに座ってまでしなくても……」

佐久良は顔を顰める。ソファだってすぐそこだし、部屋を移ればベッドもある。こんな日常を感じさせる場所ではしたくなかった。

「お願い。座って」

若宮が佐久良の目をじっと見つめ、両手を顔の前で合わせる。佐久良が年下に甘いと知った上で、抗《あらが》えない技《わざ》を繰り出してきた。

躊躇《ためら》いがないわけではない。けれど、期待した目で見られると裏切れない。佐久良はゆっくりと立ち上がり、テーブルに乗り上げた。

「なるほど。そうやって甘えてたんですね」

半ば感心したように望月が言った。年下であることの有効な使い方を若宮から学んでしまったようだ。

若宮は場所を変え、再び佐久良の正面に陣取《じんど》った。

「うん。ちょうどいい」

若宮の声が胸元で聞こえ、佐久良からは頭頂部が見えた。

「んっ……」

また柔らかい濡れた感触が、佐久良の尖りを刺激する。

「邪魔ですから、脱いでおきましょう。部屋も暖かくなってきましたし」

横から望月が佐久良のシャツやベストを脱がし始めた。可能性はゼロではないとわかっていたが、やはりここで始めるようだ。

若宮の舌使いは、あくまで柔らかだった。激しくすると痛みを感じるだろうと、気遣ってくれているのがわかる。

「ローターなんか使わなくても、俺がいつでも舐めてあげるから」

舐める合間に若宮にそう言われて、佐久良は不本意で抗議しようとした。佐久良が使いたいと言ったわけではない。だが、開いた口から出たのは、甘い声だった。

「はぁ……ぁ……」

佐久良は若宮の頭を抱える。まるで自ら押しつけているかのようだが、そう見えていることに気づいていなかった。

「ほら、ローターなんかに頼らなくても、充分、感じさせられる」

若宮が顔を胸に埋《うず》めたまま、佐久良の現況《げんきょう》を望月に伝えた。まだスラックスを身につけたままだが、股間が盛り上がっているのが知られているようだ。

「何言ってるんですか。ローターを使えば、その分、手が空《あ》くから、他を虐《いじ》められます」

「お前こそ、何言っててんだ？　虐めるんじゃなくて、かわいがるんだよ」

ずっと胸元で喋《しゃべ》られ、息が当たり、唇が触れる。わざとなのかと思うほど、それらも佐久良の熱を上げていった。

「そろそろ、こっちも脱ごうか？　苦しそうだし」

佐久良は既に上半身は裸になっていて、ベルトと靴下《くつした》も抜き取られている。残っているスラックスと下着が、佐久良の昂りを押し込めていた。

「横になったほうが脱がせやすいな」

「ですね」

望月は時折《ときおり》、その存在を主張するように口を挟んでくる。今はまだいいが、もっと快感に支配されると、自分を抱いている相手以外を佐久良が忘れてしまいかねない。それが嫌なのだろう。

望月が佐久良の背中を支え、若宮が肩を押す。佐久良はそのまま後ろへと倒れ、テーブルの上に寝かされた。足はさっきと変わらず、浮いたままだ。その足から、若宮は残った衣類を全て取り去った。

真上から明るい照明が佐久良を照らし出す。隠すものは何もない。佐久良はただテーブルの上で裸体を晒すしかなかった。

「場所が場所だからかな。これから俺が晃紀を料理するみたい」

若宮の楽しげな声が聞こえる。視線を向けると、佐久良を見下ろす二人は、ネクタイすら外していない。佐久良だけが裸だ。それが余計に佐久良の羞恥を煽《あお》った。

「このうっすらと残ってるのは、縛った痕だな」

これだけ照明が明るいと消えかけていた痕すら、わかってしまう。若宮は険しい顔で望月を見た。

「ええ。すごくいやらしかったですよ」

「そんなことはわかってるんだよ。絶対にやらしいに決まってる」

全く嬉しくないことを力説されると、羞恥よりも呆れが強くなる。冷静さを取り戻した佐久良が、残念なものを見る目を若宮に向けた。

「二人きりなんかにするんじゃなかったよ、全く」

若宮はぼやきながら、佐久良の足に手をかけた。

「こっちも確認するよ」

あまりに軽い口調だったから、反応が遅れた。『こっち』がどこを指すのか、気づいたのは足を持ち上げられてからだった。

「こっちは大丈夫だろうな」

膝を持って若宮が佐久良の足を割り開く。

「やっ……やめろ」

開いた足の間に若宮の頭が見える。どこを凝視されているのかわかり、一瞬で全身が熱くなる。

足を閉じられないよう、若宮が佐久良の膝を掴んだまま、秘《ひ》められた奥に視線を注《そそ》ぐ。

「よかった。ここは綺麗だ」

「見るな……」

「見ないと確認できないでしょ」

確認なんて必要ない。そう言いたいのに、勃ち上がり始めた中心が視界に入り、何も言えなくなる。見られているだけで感じているのが、二人にはバレバレだ。何を言っても説得力などあるはずがなかった。

「だから、傷なんてつけるわけないでしょう。俺をなんだと思ってるんですか」

「ドS」

「まあ、それは否定しませんが、本気で嫌がることはしませんよ」

「え？　拘束プレイもローターも嫌がってなかったの？」

若宮が身を乗り出し、佐久良の顔を覗き込む。

「そ、それは……」

佐久良は目を泳がせる。最初は驚いたし、嫌だと思った。だが、結果的にあれだけ感じてしまっては、嫌だとは言えない。

「マジか……」

若宮が目に見えて肩を落とした。若宮はずっと佐久良を優先した、優しいセックスを心がけてきた。元々が尽《つ》くすタイプだから、それが嫌だったわけではなく、佐久良を喜ばせていなかったのかと、悔《く》やんでいるようだった。

「違う、違うんだ」

佐久良は首だけを曲げて顔を上げ、慌てて否定した。

「お前には……優しくされたい。お前に優しくされるのが好きなんだ」

どうか伝わるようにと思いを込めて、若宮を見つめる。それに答えるように、若宮は嬉しそうに笑った。

二人の間に、甘い空気が漂《ただよ》う。それをぶち壊《こわ》したのは望月だった。

「そして、俺には虐められたいんですよね？」

望月の問いかけには、言葉に詰まる。優しくされたいとは口にできても、虐められたいとは恥ずかしくてとても言えない。だが、自他ともに認めるドSの望月が言わずに済ませてくれるはずもなかった。

「若宮さんには言ったのに、俺には言ってくれないんですか？」

若宮を見て覚えたばかりの、年下の甘え方を実行してくる望月に、佐久良は躊躇いながらも口を開いた。

「そうだ。……お前に虐められたい」

消えそうな声でも望月にはしっかりと届いた。満足げに微笑むと、望月は体を起こし、二人から離れる。今日は最初に若宮がすると、二人の間で決まっていたようだ。

「それぞれ違うタイプを味わうってのが、二人と付き合う醍醐味《だいごみ》だよね」

仕方ないというふうに若宮は頷いている。

「じゃあ、俺はとことん優しくしてあげる」

若宮は体を引くと、佐久良の股間の辺りに頭を移動した。

「はぁ……っ……」

勃ち上がりかけた屹立が若宮の口に含まれる。直接刺激されれば、声が漏れ出るのも自然の流れで、佐久良は甘い息を吐いて、快感を訴えた。

若宮はゆっくりと頭を上下し、屹立を唇で擦っていく。その様は、佐久良が顔を少し持ち上げるだけで、視界に飛び込んでくる。淫《みだ》らで刺激的な光景だ。佐久良の中心は若宮の口の中ですぐに限界にまで張り詰めた。

「あっ……うぅ……」

予告なく、後ろに濡れた指を突き入れられた。違和感はあるものの、今は屹立に与えられる快感に酔《よ》わされ、痛みは感じない。佐久良の口から漏れる息も甘さしかなかった。

グチュグチュ、ジュポジュポと二種類の淫猥《いんわい》な音が響く。後ろには指の動きを滑《なめ》らかにするため、かなりのローションが継ぎ足されていた。溢れたそれがテーブルに落ち、佐久良の双丘を濡らしている。口での愛撫も若宮が唾液を溜めて、動きやすくしているのだろうが、そのせいで音が響いた。

「いっ……あぁ……」

不意に胸を指先で弾《はじ》かれ、堪らず声を上げる。

「こっちが寂しそうだったので」

見上げた先には笑顔の望月がいた。

望月は指で尖りを撫でながら、

「痛いけど、気持ちいいんですよね」

身を乗り出し、佐久良の耳元に囁《ささや》きかける。

じんじんとした痺れがあって、当たると痛いのは間違いない。それでも、その痛みの中に快感を拾ってしまう。きっとこうして弄られる度に体が作り替えられていったのだろう。胸だけでこんなに感じる恥ずかしい体になってしまった。

望月はそのまま覆い被さるようにして、佐久良の唇を奪った。

上から押さえ込まれ、佐久良は逃げ場がない。口づけは深く、呼吸すら奪う。その間も胸は弄《いじ》られ続け、若宮の愛撫も止まらない。いつの間にか、後ろには指が三本も呑み込まされていた。

もう限界だった。早くイきたいと若宮の頭を強く掻《か》き抱く。

佐久良の願いが通じたのか、若宮が顔を上げた。

「お前、邪魔すんなよ」

腹立たしそうに言って、望月を佐久良の上からどかせると、

「一回、イっとく？」

打って変わって優しい口調で問いかけてきた。

イきたくて堪らないのに、佐久良は首を横に振る。イきすぎると辛《つら》いのは、あの夜で痛いほどわかった。今、佐久良だけで達したとしても、まだまだ終わりではないのだ。

「一緒がいい……」

せめて一緒に達すれば、イかされる回数が減るだろうと、そんな思いで佐久良は訴えた。

「入れてほしい？」

その問いかけに、佐久良は無言で頷く。ずっと昂らされていて、顔は上気し、瞳には涙《なみだ》が浮かんでいる。その顔が若宮を興奮《こうふん》させることに、佐久良は気づいていなかった。

「何、その可愛いおねだり」

堪らないと、若宮が顔を顰め、くーっと喉を鳴らす。

「待ってて。すぐ入れてあげる」

若宮は忙《せわ》しない仕草《しぐさ》でスラックスの前を緩め、自身を引き出すと、どこに置いていたのか、コンドームを自らに装着した。

「本当は中で出したいけど、ここじゃね」

ダイニングテーブルで始めたのは自分なのに、若宮は残念そうに言った。

「晃紀さんもつけておきましょう」

そう言って、望月が佐久良の屹立にコンドームを被《かぶ》せていく。佐久良はその間、イかないようにするのに必死だった。既に限界になっているから、刺激しようとしての行為でなくても、触れられれば感じてしまう。

「もういいですよ」

声をかけられ佐久良は呼吸を再開する。イかないよう我慢するのに、佐久良はずっと呼吸を止めていたのだ。

若宮が佐久良の曲げた足を抱え、自らに引き寄せた。後孔に熱が当たった。

「あ……あああっ……」

押し当てられた熱い昂りが、ゆっくりと中へと押し込まれる。充分に解されていた後孔は、なんなく若宮を受け入れた。それればかりか、既に震えるほどの快感があった。

「久しぶりに三人でするからかな。感度がいい」

「それは期待に応えないといけませんね」

「だな」

望月にそう答えるなり、若宮は腰を使い始めた。今の佐久良が望んでいるからか、いつもの若宮よりも動きが激しい。ガツガツと突き上げられる。

「はっ……あぁ……」

佐久良が上げる嬌声は、若宮の行動が正しいと証明《しょうめい》している。どんなに激しくされても、気持ちよさしか感じなかった。

「安物じゃないテーブルはいいね。壊れる心配しなくていい」

若宮が腰を使いながら、熱い声で話しかけてくる。到底、佐久良に答えられるはずもなく、揺さぶられるまま、ただ声を上げ続けた。

「あぁっ……あっ、あっ……」

「もうイきそうですね」

佐久良の反応を見ながら望月が感想を口にする。

「俺はまだイかないから、一緒にイきたいなら、もうちょっと我慢しないと」

「無……無理っ……」

佐久良は首を左右に振って、限界を訴える。前に触れてもらえれば、いつでも達することができる。それくらい張り詰めていた。

「じゃあ、こうしましょう」

横から伸びてきた手が、佐久良がしていたネクタイを使い、屹立の根元を縛った。

「ひっ……ぁ……」

イけると思った瞬間に堰《せ》き止められ、悲鳴にも似た声が漏れる。

「ああ、でも、晃紀さんは出さなくてもイけるんでしたね」

「雌《めす》イキのほうがキツいんだっけ？」

「俺がわかるわけないでしょう。経験したことないんですから」

「俺もないんだよな」

暢気《のんき》な会話は若宮が腰の動きを止めているからできたことだ。佐久良をイかせない方法を考えている間は動くつもりがないらしい。

「他に方法がないからさ、これで我慢して。俺もなる早で頑張るから」

申し訳なさそうにしながらも、若宮とて余裕があったわけではなかった。望月への見栄《みえ》か男のプライドか、そう振る舞っていただけのようだ。その証拠《しょうこ》に、佐久良の足を抱え直してからの動きは激しかった。

「あっ……はぁ……ああ……」

突かれる度に声が押し出される。堰き止められ、行き場のなくなった熱を抱えて、これ以上ないくらいに体は昂る。

「も……もうっ……」

無理だと言っても、射精はできないし、助けてももらえない。佐久良は震える手を自らに伸ばすが、屹立に届く前に望月に掴まれた。

望月は佐久良の両手を一つに纏めて頭上に運び、テーブルに押しつける。こうされると自分で射精を促すことはできず、おまけに体は完全に逃げ場を失った。

「あぁ……は……早くっ……」

「俺ももう限界。イクよ」

佐久良の腰が持ち上がるほど、腰を奥深くまで打ち付けられた。

「あぁっ……ぁ……」

佐久良はまるで痙攣《けいれん》したかのように、体をビクッと跳《は》ねさせ、気を飛ばした。一瞬ではあったが、頭が真っ白になり、何もわからなくなっていた。

若宮が達したことにも気づいていなかった。ただ、萎えた自身を引き出されるときに、意識が覚醒《かくせい》した。縫《ぬ》い止められていた手も離されていたが、射精せずに達した衝撃《しょうげき》で呆然《ぼうぜん》として動かせない。

「飛ぶくらいよかった?」

若宮が佐久良の顔の横に移動して問いかける。答えたいと思うのに舌が喉に張り付いたようになっていて声が出せないし、目で訴えようにも瞼《まぶた》は重くて、開くのも一苦労の有様だ。

「ちょっと休憩だな。濡れタオルと水を持ってくる」

そう言って若宮が立ち去る気配がした。

「自分が終わったからって、勝手な人だな」

望月の独り言が聞こえる。

「俺もまだだし、晃紀さんだって勃ったままなのに」

ほらというふうに、望月が佐久良の屹立を軽く撫でた。

「……っ……」

佐久良はビクリと体を震わせる。あんなに突き抜けるような快感で達したのに、屹立はそのままだったことを忘れていた。

「コレ、もう外しますね」

望月は屹立に巻かれたネクタイを外そうとする。

「あ……んっ……」

わざと強めに引っ張られ、佐久良は不意打ち《ふいう》ちの衝撃にあっけなく達してしまった。

「こっちでイったほうが楽だったでしょう?」

使用済みになった佐久良のコンドームを外しながら、望月が楽しげに笑っている。

あっちだろうがこっちだろうが、佐久良が望んだわけではない。決めたのは二人なのに、まるで佐久良の選択《せんたく》ミスかのように言われるのは納得がいかない。だが、抗議の言葉はまだ出せなかった。

「お前、勝手に何やってんだよ」

若宮が戻ってきた。濡れタオルと水の入ったグラスを両手に持って近づいてくる。

「優しい優しい若宮さんが意地悪《いじわる》をしたから、俺が慰《なぐさ》めてたんですよ」

「え？　嫌だった？」

気遣うように尋ねられ、佐久良は横になったまま、ただ顔を横に振った。出さずに達するのは確かに辛かったが、嫌だったわけではない。快感が強すぎて、少し怖かっただけだ。

「よかった」

ホッとしたように顔で笑い、若宮が佐久良の顔に濡れタオルを当てる。

ちょうどいい温度に温められたタオルが気持ちいい。佐久良は自然とそのタオルに顔を押しつけていた。

若宮はそっと優しく瞼のこわばりを拭《ふ》き取ると、今度は水を飲ませるために佐久良の背中を支え、上半身を起こす。

「はい、飲んで」

口元に近付けられたグラスが唇に押し当てられる。佐久良は薄く口を開くと、グラスが傾けられ、冷たい水が口中を潤《うるお》す。

そうして、何度か水を喉に通すと、ようやく口が自由に動くようになった。

「もういい。ありがとう」

佐久良はグラスを持ったままの若宮に礼を言う。若宮が笑顔でグラスを片付けるため、またこの場を離れた。

「じゃ、休憩は終わりでいいですね」

若宮がいた場所に望月が進み出る。

邪魔だったのか、望月はジャケットとネクタイを外した姿だ。ジャケットがなくなったことで、スラックスの盛り上がりがはっきりと見える。ずっと佐久良の痴態を見続けていたのだ。次は自分がと急かせるのも無理はない。

「ベッドへ……」

佐久良は寝室に視線を向け、掠れた声で訴える。

既に若宮と致した後だが、恥ずかしさがなくなるわけではないし、ベッドのほうが体も楽だ。だから場所を移動してほしいと頼んだ。

「俺はここでさせてもらえないんですか？」

咎《とが》めるような問い方に、佐久良は言葉に詰まる。そう言われると、若宮だけ特別扱いしたような気になってしまう。

「もしかして、背中が痛かったとか？」

「そ、そうなんだ」

望月から言い訳を提示《ていじ》され、佐久良は即座《そくざ》に乗っかった。申し訳なさは感じるが、ここから逃れたいという気持ちのほうが強かった。

「それじゃ、背中をつけないようにしましょう。下りてください」

望月がにっこりと笑って、佐久良の腕を引いた。

テーブルから下りると、足に力が入らないのがよくわかる。それにさっきの疲《つか》れもあって、佐久良はテーブルにもたれかかる。

「そうじゃなくて、こうです」

力の入らない佐久良は、望月に体を反転させられても抵抗できなかった。望月に向いていた体がテーブルを前に向き直る。

「こうすると、寄りかかりやすいですよ」

親切心から出た言葉ではないのは、今の佐久良の姿を想像すれば明らかだった。上半身がテーブルに倒れ込んでいるということは、望月に向けて尻を突き出しているということだ。

「角度が違うほうが楽しめるでしょう」

望月の手が佐久良の双丘を撫でる。しかも、狭間《はざま》に指を這わせながらだ。

「ん……っ……」

火照《ほて》りの冷《さ》めない体は簡単に快感を拾ってしまう。敏感《びんかん》になった後孔の縁《ふち》を撫でられてはたまらない。佐久良の口から甘い喘ぎが零れ出て、もうこの行為を許したと受け取られても仕方ない状況だ。

だからなのだろう。望月は躊躇しなかった。佐久良の片足を持ち上げると、露わになった後孔にいきなり屹立を突き入れた。

「いっ……ぁ……」

その勢いと前立腺を的確に突かれた衝撃で、佐久良は呼吸を奪われる。声を上げることもできず、ハクハクと唇を動かすだけしかできない。快感を得ることもできなかった。

望月は佐久良がそんな状況にもかかわらず、腰を使い始める。がっちりと足を摑んで動きを封じ、昂りを奥まで叩き込む。

だが、佐久良の体を知り尽くした望月だ。快感を引き出すのは早かった。

「はぁ……あっ……ぁ……」

何度も突かれているうちに、呼吸を思い出した佐久良の口からは、また喘ぎが漏れ始める。片方の足で立った苦しい体勢なのに、それすらも快感を増幅《ぞうふく》させる。

「もう始めるとか、どんだけ切羽詰まってたんだよ」

何をしていたのか、ようやく戻ってきた若宮が呆れたように望月を笑う。

「あなたが、ムダに時間を、かけるからっ」

腰を使いながら返事をする望月の言葉は、荒々しく途切れている。

「ガンガン腰振ってさ、晃紀、大丈夫?」

問いかけながら、若宮は様子を見ようと佐久良の顔を覗き込む。

「って大丈夫そうだね」

蕩《とろ》けた顔で甘い声を上げ続ける佐久良に、若宮は安心したように笑った。もし、これで佐久良が少しでも辛そうな顔をしていたら、望月を引き離したに違いない。

今度もまた佐久良の中心は触れられることはなかった。望月はただひたすら奥を突くだけだ。それでも佐久良の屹立は力を完全に取り戻す。さっき外されてから新しいコンドームは装着されなかったから、先走りが床を濡らしていた。

かろうじて床に着いている片足も、ガクガクと震え、支えにはなっていない。それをカバーしようと、両手を広げテーブルを摑む。そうすることで揺さぶられる衝撃は減ったが、その分、剝《む》き出しになった胸の尖りがテーブルに擦れてしまう。

「いっ……あぁ……」

固いテーブルに擦られて痛いのに、奥を突かれる快感で麻痺《まひ》して、それすらも快感になる。佐久良は嬌声を上げ、感じている姿をさらしてしまう。

「もしかして、わざと擦ってる？」

正面から背を屈めて佐久良の顔を覗き込み、若宮が尋ねる。佐久良が胸をテーブルに擦りつけて感じているのを知られてしまった。

「違っ……ぅんっ……」

言葉が出せない佐久良は必死で頭を振る。だが、そこに佐久良の意思があるかは関係なく、状況を見れば間違っていない。

「自分でするくらいだから、足りてないのかな」

独り言のように呟いた後、若宮の姿が佐久良の視界から消えた。

「ひ……ああっ……」

不意に佐久良の屹立が生暖《なまあたた》かい何かに包まれた。見えなくなった若宮がテーブルの下に潜《もぐ》り込み銜《くわ》えたのだ。

後ろを望月に突かれ、前は若宮に、そして胸にも自分で刺激を与えている。堪えることなどできるはずがなかった。

「い……いいっ……も……う……」

佐久良の叫《さけ》びを受け止めた二人によって、奥を深く穿《うが》たれ、前を吸《す》い上げられる。佐久良は背を仰《の》け反《ぞ》らせ、精を若宮の口中に放った。

望月も同時に果てたのか、中が熱くなった後に引き抜かれた。ただ若宮同様、望月も自身にコンドームを被せていたらしく、熱が中に広がることはなかった。

テーブルの下から抜け出てきた若宮が、突《つ》っ伏《ぷ》してへたり込む佐久良の体の下に手を差し込み、器用に抱き上げた。

「このままだと気持ち悪いでしょ。お風呂に入ろう。準備はできてるから」

いらしい。

「さっき遅かったの、それだったんですね」

簡単に身繕《みづくろ》いをした望月が呆れたように言った。望月には若宮の甲斐甲斐《かいがい》しさが理解できないらしい。

「晃紀には常に気持ちよく過ごしてもらいたいからな」

望月にそう答えた後、若宮は佐久良に顔を向ける。

「いろんなことでね」

思わせぶりな台詞《せりふ》に、体が震える。抱き上げられた体は全く力が入っていない。今、何かされてもろくに抵抗できないのは明白《めいはく》だ。

「風呂……入るだけだぞ」

佐久良は掠《かす》れた声で先に釘《くぎ》を刺《さ》す。疲労困憊《ひろうこんぱい》でもう何もしたくなかった。

「わかってるって。晃紀はベッドがいいんだよね」

「そうじゃない……」

佐久良は力なく首を横に振る。さっきベッドでと言ったのは、ダイニングが嫌だっただけだ。もうしてしまったのだから、ベッドでやり直しなど望んでいない。

先回りした望月が開けたドアから、バスルームに入る。若宮は佐久良を横抱きにしたまま、バスタブに足を入れた。さすがにそれでしゃがむのは無理があったのだろう。一度、バスタブに佐久良を下ろしてから、一緒に座った。

背後から若宮に抱え込まれて、湯に浸《つ》かる。疲れた体に少し熱めの湯が心地《ここち》いい。背中に当たる若宮が力を持っていないから、佐久良は安心して背中を預けた。

「どうして、毎回、俺の体力がなくなるまでやるんだ」

佐久良は二人に向けて不満をぶつける。二人に抱かれることも三人でセックスをすることも、受け入れているとはいえ、もっとほどほどにできないのかと常々思っていた。

「そりゃ、二人分だからね」

「これでも二人のときは加減してるんですよ」

二人はそれぞれ全く悪びれた様子もなく答えた。

確かに、二人とそれぞれ一対一でしたときも、朝までコースだったたし、翌日は腰が立たなかった。

望月がバスタブの縁に腰掛け、佐久良を見下ろす。

「晃紀さんを見ていると、全部、自分のものにしたいという欲望が抑《おさ》えられないんです。貪《むさぼ》り尽《つ》くしてもまだ足りないって……」

物騒《ぶっそう》な台詞を真剣な顔でぶつけられ、佐久良の胸が熱くなる。それだけ求められていることが嬉しかった。

「俺もそうかな。ずっと繋がってたいって思う」

不穏な言葉を証明するように、背中に当たる若宮が硬さを持っていく。思わず体を離そうとするが、若宮の両手ががっちりと佐久良を抱え込む。

「待ってください」

望月が急に何か思いついたように、若宮を止めた。

「なんだよ」

「ほどほどでやめれば、翌日に響かないから、捜査中でもできるんじゃゃ……」

「それだ」

二人は名案だとばかりに、頷き合っている。本当にこんなときだけ気の合う二人だ。

「捜査中はできないって、正直、キツかったんだよね」

「俺もです」

「でも、次の日に腰が立たないとか言われると無理強《むりじ》いできないし」

そんな二人の不満は佐久良もわかっていた。だが、実際はそれが理由ではない。どうしても、抱かれた次の日は、その余韻《よいん》を引きずってしまうのだ。捜査中にそんなことでは集中できないから、体調を言い訳にして逃げていた。

「これからは、捜査中は加減して抱くってことでどう？」

悪気のない顔で提案され、佐久良は項垂《うなだ》れる。自分の感情を制御《せいぎょ》できないからだとは言いたくなかったが、言わないでは済まないようだ。

「違うんだ。本当は……」

「冗談ですよ」

望月が笑顔で打ち明けようとした佐久良を止めた。

「俺たちも、エロい雰囲気を出してる晃紀を他の奴らに見られたくないしね」

「わかってたのか」

佐久良は驚いて二人の顔を見比べる。

「晃紀さんの罪悪感《ざいあくかん》を煽って、また好きなようにさせてもらおうかと」

「俺は単純にできたらいいなって思って言っただけ」

「なんだ、そうか」

安堵《あんど》の息を漏らす佐久良に、二人はそれでもと言葉を続けた。

「これって、結局、晃紀が悪いよ。俺たちにそう思わせてるんだから」

若宮が顎《あご》を佐久良の肩に乗せる。その甘えた仕草に佐久良は頬を緩め、その頭を撫でた。

「また、そうやって甘やかす」

佐久良の行動を望月が咎める。

「そうさせてるのはお前たちだろう。だから、悪いのは俺じゃなくてお前たちだ」

言われっぱなしではいられないと、佐久良も同じ言葉で言い返した。

「俺たちが何？」

「俺をこんなに欲深くさせたのはお前たちだからな」

佐久良はそう言って自嘲気味《じちょうぎみ》に笑う。

二人から貪欲に求められるのが当たり前になった。体力を根こそぎ奪われるのはどうかと思うが、もし、余力を残すような抱き方をされたら、物足りなく感じてしまうだろう。そんな体に二人がしてしまった。

「そうなったのも晃紀のせいだって」

「そうですね。晃紀さんは一人で幸せにできるほど、安い男じゃありませんから」

「なんだ、それ」

佐久良は声を上げて笑う。

「そうか。なら、俺のために二人ともずっとそばにいてくれ」

「ずっと?」

「ああ、ずっとだ」

「離しませんよ?」

「離さないでくれ」

佐久良の願いは、物理的にすぐに叶《かな》えられた。朝までずっと二人がそばにいた。

あとがき

こんにちは、はじめまして。いおかいつきと申します。

飴鞭《あめむち》もシリーズとなり、五作目です。３Ｐが書きたいという欲望のみで始めたものが、ここまで続けられたこと、感謝しかありません。本当にありがとうございます。

メインの三人は毎回、いちゃいちゃエロエロしておりますが、今回は久しぶりに一対一でのいちゃエロもあります。おかげで、肌色率がさらに増量です。大変、満足しております。

そして、いつもの捜査一課メンバーも総出演です。わちゃわちゃしたシーンは書いていて楽しいので、ついつい彼らの出番ができてしまいます。肌色シーンとはまた違った満足感でいっぱいです。

國沢智《くにさわとも》様。いつもエロかっこいいイラストをありがとうございます。毎回、エロさもかっこよさも想像を遥かに上回っていて、悶絶しきりです。

担当様。いつもお世話になっております。今回はまだそこまで迷惑はかけていないはず……です。多分。なので、今後ともよろしくお願いします。

そして、最後にもう一度。この本を手にしてくださった方へ、最大の感謝を込めて、ありがとうございました。

いおかいつき

Lovers Label

飴と鞭も恋のうち
～Fifthハートブレイク～

ラヴァーズ文庫をお買い上げいただき
ありがとうございます。
この作品を読んでのご意見・ご感想を
お聞かせください。
あて先は下記の通りです。

〒102－0075
東京都千代田区三番町8-1
三番町東急ビル6F
(株)竹書房　ラヴァーズ文庫編集部
いおかいつき先生係
國沢 智先生係

2023年2月7日
初版第1刷発行

●著　者
いおかいつき ©ITSUKI IOKA
●イラスト
國沢 智 ©TOMO KUNISAWA

●発行者　後藤明信
●発行所　株式会社　竹書房
〒102－0075
東京都千代田区三番町8-1 三番町東急ビル6F
代表 email： info@takeshobo.co.jp
編集部 email： lovers-b@takeshobo.co.jp
●ホームページ
http://bl.takeshobo.co.jp/

●印刷所　中央精版印刷株式会社

落丁・乱丁があった場合は、furyo@takeshobo.co.jp
までメールにてお問い合わせください。
本誌掲載記事の無断複写、転載、上演、放送などは著作権の
承諾を受けた場合を除き、法律で禁止されています。
定価はカバーに表示してあります。
Printed in Japan

本作品の内容は全てフィクションです
実在の人物、団体、事件などとはいっさい関係ありません

Lovers
Label